U0789207

作者简介

    吴进荣，别署"沐燚轩主"，1956 年 9 月生，江苏扬州人，中华诗词学会会员、中华文化旅游学会常务理事、江苏省楹联研究会会员、扬州市诗词协会理事，《扬州诗文》执行编辑、子曰诗社社员、平山诗社核心会员、绿杨诗社副秘书长、啸汉马诗社顾问。作品散见于中国诗歌网、《诗刊》《诗词日历》《扬州晚报》《中华诗词》《风神自照——歌吹是扬州》等刊物和诗词选集。

内容简介

本书为作者多年来所创作的旧体诗词选集，按照内容分为"时序留痕""绿杨揽胜""感事寄情""花草余香""旅途记忆"五辑，前四辑顺序为"诗部""词部"，第五辑按游览行程排列。题材多样，或山水、或花草、或咏物、或寄情，从多个方面表达了对自然的赞美、对动物的爱护、对情感的寄托、对山水的沉醉、对旅途的感慨、对建设成就的讴歌，同时也体现了作者对诗词艺术的追求和探索。

沐燚轩诗词集

上册

吴进荣 ◎ 著

新华出版社

图书在版编目（CIP）数据

沐燚轩诗词集 / 吴进荣著 . -- 北京 ： 新华出版社，
2020.9

ISBN 978-7-5166-5323-4

Ⅰ．①沐… Ⅱ．①吴… Ⅲ．①诗词－作品集－中国－
当代 Ⅳ．① I227

中国版本图书馆 CIP 数据核字（2020）第 165687 号

沐燚轩诗词集

作　　者：吴进荣

责任编辑：李　成
封面设计：树上微出版

出版发行：新华出版社
地　　址：北京石景山区京原路 8 号　　　　**邮　　编：**100040
网　　址：http://www.xinhuapub.com　　http://www.xinhuanet.com
经　　销：新华书店
购书热线：010-63077122　　　　中国新闻书店购书热线：010-63072012

照　　排：树上微出版
印　　刷：武汉市金港彩印有限公司
成品尺寸：145mm×210mm
印　　张：19　　　　　　　　　　**字　　数：**200 千字
版　　次：2020 年 11 月第一版　　　**印　　次：**2020 年 11 月第一次印刷
书　　号：ISBN 978-7-5166-5323-4
定　　价：168.00 元

 序

周冠钧

吾与进荣兄相识于八年前。时吾不惑初度，兄退职在即。平山方筑，大雅先谐，人物风流，形容迥出。于是呼朋招友，共举吟事，所谓同声相应、同气相求者也。斯时，兄偕诗词而至，出入网上网下，论之不倦，相晤倍欢。兄虽长吾十数岁，而不以年齿倨傲。辞愈佳，意愈谦，言愈顺，颇得古君子之风，实乃长者风度也。切磋琢磨之间，遂成忘年良友，而情犹如一。每见兄诗中多以耆翁自语，此古人之"安得如翁耆且逸，尊前长对舞衣青"之通达欤！吾今大衍已度，兄花甲早过，况味虽异，而重乎情、安于诗之志则不变也。

观兄之诗与人生，可谓诗心备焉，栖于诗意，乐乎诗中。兄以沐燚轩主自署，水火相济，而得锤锻，或将有成于诗心。夫诗心者，蓬勃之心，宁静之心，深窈之心，坚持之心，达观之心，真善美之心之综合也。得诗心，则人生一切皆有滋味。兄习诗数十年而不辍，日夜不废，又不以诗为人生牵绊，或众乐，或独乐，欣然集于一身，可谓淡泊宁静从容之至也。观诸一事一物一游一会，则诗思如泉，汩汩而出，连章叠句，气象壮观，令人惊赞也。兄之学诗，纯出于本心，不谋名，不求利，不近俗气，性情所致，随遇

而安。每有所得，则欢欣溢乎言表，每知不足，则记之改之，此诗者之正道也。乃孔子云"好之者不如乐之者"之真实写照也，信哉！或如王令所言："独有诗心在，时时一自哦。"诗心无价，观兄之为诗，善哉斯言！

今闻兄自选诗词千余首，拟结集行市，实可喜可贺也。吾不才而为之序，或言不达意，或辞不雅驯，尚请兄之见谅。诗道漫漫，吾愿与兄奋力向前也。

弟周冠钧于庚子年初夏广陵小秦淮河畔

周冠钧，又名周冠军，网名周清溪、零落秋声、零落一身秋，皖籍，扬州人，公务员。江苏省作协会员，平山清韵网站、平山诗社发起人，绿杨诗社副社长。出版《清溪集》（入选扬州市文艺创作引导资金扶持项目）、《风神自照：歌吹是扬州》（荣获"陶风"图书奖）、《骆何民传》（入选"雨花台烈士传"丛书）等。曾获"中国梦爱国心""最美南通""风采无为""我心目中的扬州"等多个全国诗词大赛一等奖。

目 录
CONTENT

一、时序留痕

二、绿杨揽胜

三、感事寄情

【时序留痕】

插画：庞现青

瘦西湖春色

落帆悬栈道，紫玉掬花开。
羁客思留影，香熏飞燕来。

又

高山玉雪飞，春色映朝晖。
姝丽冰花乐。红英绕翠微。

又

游客立花溪，遥观飞白霓。
相机留影乐，春色一壶提。

又

山头绿拢烟，瀑布雪飞旋。
青鸟相思怨，花中独自眠。

又

水碧竹摇枝，舟横笛正吹。
桃花妆发髻，堪叹世间奇。

白驼山群分韵得"春"

梅花不染尘，直报一年春。
幸遇林夫子，为妻着意真。

秋游

闲游卷石园，慢过傍溪轩。
但见秋云巧，焉闻俗世言。

又

南湖依绿柳，碧水正浮波。
伫立寻西子，惟观风落荷。

又

烟绕凤凰洲，桥连水埠头。
芦黄飞野鹜，发白未知愁。

又

莲桥水未花，惟见白云纱。
溪底浮鸿影，风轻戏舫斜。

又

曲水鱼知乐，谷林花正凄。
醉翁遗迹在，复为古贤迷。

戊戌晚秋偶得

水畔芦花白，亭边枫叶红。
何来银鬓出，皆是藉西风。

戊戌立春
（平山立春茶话会分韵得"灰"）

南陂远望一枝梅，直向寒风独自开。
雪浸红衣难改色，欲传何意莫须猜。

又

野凫戏水绕莲台，惊醒龙宫锦鲤来。
溪岸柳芽初孕绿，东风几缕接春回。

中秋赏月

冰魄高悬碧宇中，清波银色韵无穷。
小楼把酒吟诗句，欲揽姮娥一袖风。

又

小桥伫立觅青娥，红豆轻抛桂浸波。

漫赏金秋心惬意，风流自在雅音多。

又

清波月落一池纱，竹案听琴云影斜。

小饼酥饴心欲醉，裁诗赏景慢斟茶。

【注】小饼酥饴：苏东坡有"小饼如嚼月，中有酥与饴"诗句。

己亥端阳步韵

芦箬轻摇映水时，高低野雀乱穿枝。

依栏忽见龙舟过，频听青鬟读旧诗。

又

绣球草圃漫开时，千颗青桃缀满枝。
但看彩绳童子戴，心娱阆苑胜新诗。

探春

野鹊喧晴红袷连，姮娥阆苑觅春缘。
暗香几缕怡心志，闲倚朱亭赏画船。

庚子立春

几缕东风竹影长，冻云渐解浸梅芳。
须知从此春光度，不染眉头半点霜。

清明

虹销雨霁牡丹开，蝶舞南坡燕子回。
倏忽纸烟平地起，直飘瑶阙寄余哀。

又

扁舟一叶踏波轻，垂柳飞花野雀声。
且学渔洋郊外去，漫寻修禊自心明。

春梦偶得

溪水轻声浸枕边，梦中也念旧缠绵。
曾经焦尾舒情志，醉入朱亭杨柳天。

西园

闲步幽蹊黄蜡残，直闻野鹊逐春寒。
东风熏得草尖绿，破碧轻舟绕芷兰。

踏春

十里长堤独自看，桃花满树去春寒。
倚亭又见归来燕，柳杪穿梭心自宽。

留春

小蹊幽静柳笼纱，乱蝶翻飞绕野花。
直唤春光休隐去，惟听湿地几声蛙。

梅雨时节

时抛细雨阆园东，鸥鹭翻飞御暑风。
竹槛闲凭多思絮，芙蕖依旧浅深红。

戊戌腊八次韵

搜来百味漫熬中，几口轻尝自不同。
似觉菩提成道日，乳糜亦浸蜡梅风。

又

疏影轻摇小院中，幽香浸袖去年同。
星霜何必须重数，直怨多情寒朔风。

己亥正月十三上灯

红笼高挂溢流光，满地金猪着靓装。
无意推窗星绕我，不知尘世与仙乡。

己亥上元二首

（步零落秋声韵）

谁张天幕玉盘遮，携雨轻滋到海涯。
不识人间元夕日，花灯一夜照千家。

又

梅香千缕浸新正，琼露凝珠色亦清。
檐下观灯风袭面，还听东阁抚琴声。

观秋色偶得

幽蹊十里树飞黄，斯景凝眸别绪长。
几缕秋风吹阆苑，如何一霎鬓成霜。

中秋月

天幕高悬月一轮，清溪坠入夜珠新。
寻常三五观颜色，不及今宵思绪真。

登游船赏秋

扁舟慢过縠纹生，白鹭翻飞绕我行。
犹看垂条秋意出，时时落叶自身轻。

暮秋

黄叶翻飞一岸长，野凫潜水试秋凉。
幽蹊入目皆萧瑟，唯有木莲花正香。

迎新
（次秋声韵）

一枝梅蕊接初春，千缕幽香醒梦人。
解道楼前飞野鹊，亦知辞旧悦时新。

又

寒风萧瑟不怜春，偏有严冬着意人。
搜得南陂花信息，便裁诗句欲迎新。

又

楹联舒意又迎春，直叹时光不待人。
绿蚁轻斟香照旧，青丝暮雪若翻新。

又
看春晚

屏幕轻移待一春，凝眸直看出台人。
歌声伴舞龙云起，漫漫层楼夜色新。

戊戌初冬

晓晨霜不见，金虎出楼东。

黄叶凝寒露，清溪映碧穹。

重闻天籁韵，复看智能功。

小苑寻幽去，犹随一抹红。

【注】智能功：气功的一种。

雨后秋园

雨后得初凉，琼园卸夏装。

芙蕖消粉急，蟋蟀拨弦忙。

直看群蜂舞，还闻九里香。

晚风搔鬓白，凭槛向斜阳。

己亥立春

晓日片云红，垂条曳水东。
莺啼青帝驻，草绿孟陬逢。
银幕看歌舞，朱楼品酒盅。
晚来眠不得，只为悦春风。

戊戌重阳

重九西湖瘦，秋寒一霎生。
长堤凝菊露，朱榭绕琴声。
瑟瑟风杨坠，悠悠云水平。
倚栏观此景，搔首自神清。

戊戌小年

曦阳隐去未云红，野鹊栖枝噪水东。
卷起珠帘清气漫，摘来梅蕊暗香笼。
一园复扫如新宅，八宝轻蒸是旧风。
直报凡间多善意，犹闻蜜语绕虚空。

庚子春节

筛雨轻滋小阁东，子生亥隐得交融。
梅花滴露三蹊湿，福字流香一屋红。
岁末何曾飞素蝶，元辰似觉拂春风。
休嗟时序催人老，自有诗心入酒盅。

庚子人日

遥望澄练坠云轻，闲踏春风曲径行。

水岸癯仙香有意，驿亭縠影逝无声。

何遮面颊潘郎隐，只为江城冠毒生。

但饮流霞浑若旧，静听一路野莺鸣。

宋城谷雨

天幕谁张晓日遮，几番筛雨落春花。

住眸直见青梅小，立岸长观绿柳斜。

始出浮萍妆水埠，遥望城堞起鸥鸦。

搜来此境生思绪，莫念流光且品茶。

【词部】

塞姑·冬游瘦西湖

独步苔堤十里，舸影初霞几几。
无意梅花醒来，唤我焦桐声起。

山花子·元旦

柳叶离枝水岸黄，北风浸骨蜡梅香。春信暗潜
谁先觉，数维扬。

寻得琼楼邀挚友，携来仪狄去寒凉。着意迎新
诗韵在，待流觞。

谒金门·己亥初春有寄

香满苑，又是红梅新剪。漫步水边开柳眼，野鸯成双见。

竹榭凝眸遥看，浮棹乘波往返。未得鱼书心已倦，几片云飞远。

画堂春

几枝桃李映朱窗，携来千缕流光。野莺栖树嗅花香，衔蕊为装。

但看金蜂欲醉，还听弦管时长。倚栏便觉俗尘忘，化作诗行。

采桑子·暮春偶得

曦阳芍药相辉映，点缀溪东。千缕和风，漫浸幽香笑靥红。

休言阆苑皆佳色，倏忽无踪。且仿陶公，虎爪崖边醉几盅。

踏莎行·己亥初夏游宋夹城公园

斜照湖堤，沉云龙殿，兰舟碎影浑如剪。野鸥几点掠清波，新芦摇曳青光溅。

泳帽潜游，浮标轻卷，遥观碧水连霄汉。幽香千缕浸罗衣，薰风吹得霜丝乱。

渔歌子·己亥大暑

高树金蝉噪水东，碧镜荷花万点红。

香气绕，笛声逢，煮茶竹榭品千盅。

又

轻踏兰舟过碧湖，雪莲频生湿短裾。

看潜鲤，向飞凫，柳荫遮盖正心舒。

南歌子·戊戌立春游瘦西湖

长堤尖草嫩，汀州杨柳斜。桥边偏遇绿梅花。偶看野凫戏水、醒鱼虾。

残雪重门见，东风几缕赊。忽闻弦韵出浮槎。元是姮娥弹奏、接春霞。

山花子·盛夏偶记

正午难眠噪一蝉，凭栏着意望青园。小径女贞犹茂盛、乐声传。

焦月何须楼避暑，怡心方是地行仙。直下层阶寻友去、著诗笺。

东坡引·戊戌四九瘦西湖

天鹅浮碧水，云气绕舟底。龙宫墨宝谁留滞，縠纹倏忽起。

莲桥独倚，画楼长系。霜易隐、情难寄。直看野鹊虚空戏，联翩思未已。

又

茶花熏两岸，梅蕊浸瑶苑。轻弹玉阁琴声缓，时逢香气漫。

熙台水拍，白塔云卷。风和煦，舟行远。争知四九飞琼倦，赢来春意溅。

散余霞·己亥暮秋

翩翩黄叶重敷面，惹鬓霜意倦。凭槛遥望池塘，只枯莲一片。

斜阳欲妆阆苑，惜瞬间晖散。惟有菊绕东篱，看仙姿不厌。

南乡一剪梅·戊戌小寒

幽径湿层阶，仰望虚空尽雾霾。一路荷塘枯叶乱，风浸襟怀，雨浸襟怀。

谁个过桥来，蜡蕊凝眸独自开。摘得琼枝妆陋屋，香味相偕，春味相偕。

忆江南·扬州春光

春光好，一路听莺啼。琼杪随风开柳眼，绯桃凝露浸罗衣。斯景比瑶池。

又

瑶池比，隋岸著神奇。兰棹春波云碎影，香蹊莺语韵如诗。焉不惹人迷？

鹊桥仙·七夕雨

谁张天幕，欲遮明月、半夜飙风狂袭。今宵未见女牛逢，直听得、雨珠长滴。

霓灯熏屋，笙歌绕案、焉比凡尘安逸？莫钦瑶阙一罗衣，何如个、人间仙客。

清平乐·戊戌初秋冶春偶得

草庐倒影，风曳清姿醒。龙舫轻移生古境，旌旆翻飞相映。

倚案茶煮流香，闻莺神注韵长。不觉斜阳涂色，几枝修竹临窗。

【注】冶春：扬州名胜景点，亦是茶社名。

清平乐·戊戌中秋

寒光乍泄，促织声难歇，阆苑清溪沉明月，缕缕秋风轻拂。

竹榭纤手弦醒，案几酥饼香盈。更有兰舟浮水，直看天际流星。

山花子·己亥腊日

圆案相围酒一壶，故人有聚意堪舒。山味清香茅屋暖，得心娱。

不觉寒冬连岁末，犹看霜发接梅初。莫叹时光流水去，学林逋。

西江月·己亥立冬

镇日和风敷面，一时雏菊流香。野凫戏水縠纹长，不负小春气爽。

堪忆身披短裘，犹嗟草伏寒霜。如今岸柳亦难黄，更听太真几唱。

西江月·庚子元夕

挑起花灯自赏，掀开银幕长听。争知今夕月难明，怕见瘟神魅影。

且待琼楼回避，堪思宝焰同行。终将雾障去无声，依旧人间仙境。

又

漫煮汤团元夕，时流荠菜清香。斜依条案且轻尝，只是媪翁相望。

户外惟闻野雀，书中自筑金堂。渐张夜幕复推窗，星宿三三两两。

一剪梅

玉蝶翻飞瑶阙妆，老树敷粉，蜡蕊流香。青湖野鹜弄轻波，春信先知，焉惧寒凉。

直看笠翁裁句忙，联挂东阁，笔写南窗。渐张夜幕见燃花，豕隐留踪，鼠至生光。

一斛珠·庚子灯节

红笼轻执，小楼漫步流光汲。只缘雾障须居宅，吕岳猖狂，一避方无疾。

旧岁上灯犹可忆，新春寻味当珍惜。雨风皆至焉生隔，且醉今宵，梦个江郎笔。

一斛珠·初春偶至七里河公园

蓝红长带，直连河渎东君载。桥栏凝望斜阳彩，漫染轻波，浑若青天外。

恰遇水鸥穿玉界，还逢云影呈仙态。莫愁时节难吾待，沐浴春光，便觉韶华在。

一斛珠·看春雪有寄

北风侵面，携来玉蝶妆琼苑。晓阳一出浮云散，素裹银光，尽惹人青眼。

欲阻初春寒气见，浑如冠毒黎民厌。信他雪过烟花伴，惯听啼莺，笑语流香远。

唐多令·庚子立春有寄

小径草尖青，长溪阁影明，老树间、野雀呼晴。
但看东君频点缀，黄红绿、众梅醒。

庄蝶梦曾惊，瘟神毒难宁，逆天行、春步焉停？
须信钟馗施妙法，伏魔怪、煦风轻。

减字木兰花·初春看鸥

晴空几点，直下清河休道险。叼住游鱼，饱腹
犹知心自愉。

老翁不识，倏忽飞来离咫尺。似觉悠闲，焉及
浮鸥如是缘。

定风波·赏春色偶得

野鹜浮波直抒怀，残寒隐迹洗尘埃。晓日初升涂嫣色，始识，流香频袭过熙台。

只道三春倏忽去，休虑，且观并蕊怩怩来。一叟溪头垂钓竹，凝目，沉鱼吹浪莫须猜。

【注】熙台：扬州瘦西湖一景。

阮郎归·己亥小雪

青青樟叶露凝珠，风摇滴草疏。几盆黄菊梦如初，幽香浸曲途。

秋已尽，雪当舒，依然若个无。凭栏水榭縠纹殊，霜丝独染吾。

玉蝴蝶·秋逝

凝观黄叶离枝，坠地碾作泥。肃杀起清池，残荷溺水稀。

犹望些野鹭，云影向南飞。秋逝独徘徊，老颜吾自知。

【注】"秋逝"句：白居易《南湖晚秋》有"惨澹老容颜，冷落秋怀抱"句，化用之。

菩萨蛮·戊戌冬至偶得

寒风彻夜弹弦韵，携来筛雨朱窗近。俯首卷帘看，墙边尽纸钱。

佳肴台作祭，醴酒心相系。天地两茫茫，青烟绕帝乡。

南歌子·年味

蜡蕊香气重，琼楼年味多。九珍选得一车拖。
只是杜康未见、奈他何？

福字须圆润，楹联看意和。新衣屡试出仙娥。
解道东君将至、野莺歌。

南歌子·戊戌秋月

寒殿浮霜气，清溪坠玉盘。秋风吹皱一壶天。
野柳几回摇曳、悦婵娟。

水岸长观色，流光直浸颜。惹来蝙蝠绕亭前。
依旧银辉染鬓、又经年。

南歌子·丁酉除夕

楹联熏瑞气，朱梅浸琐窗。灶台蒸煮溢肴香。
端的频闻心悦、若仙乡。

东苑尝泥酒，西厢听管簧。罢看爆竹莫神伤。
一岁银屏相伴、意飞扬。

喝火令·戊戌初冬夜色

素月青霄挂，幽蹊水岸伸。几回飘叶点溪痕。
过耳曲声千次，元是舞衣人。

画舸悠然趣，清眸着意真。露凝霜发洗浮尘。
忘却寒风，忘却夜流云，忘却欲眠归去，自得一壶春。

清平乐·己亥小暑

暑风轻拂，溪水莲须发。几缕幽香飘天阙，惯看穿梭蛱蝶。

竹榭对弈心舒，清茶漫品自如。且有蝉声相伴，流霞裹挟飞凫。

南乡子·丁酉腊八节

蜡萼正芬芳，些许寒风筑梦长。偏得阆园藏百果，凝霜，炉灶轻熬乳酪香。

凭案味熏裳，漫品神怡若帝乡。纵是九珍难比附，东厢，更沐菩提几缕光。

临江仙·己亥仲夏即景

　　玉露频滋圆绿，暑风摇动明珠。凭栏犹看水潜鱼，縠纹惊乱蝶，倩影起飞凫。

　　弦管雅声云绕，青鬟缓步情舒。何人怡景自心愉？嚣尘倏忽去，惆怅一时无。

临江仙·春逝

　　片片香衣坠地，丝丝飞絮浮云。隋堤青柳独逡巡，昨天多异卉，今日几残痕。

　　经岁依然如旧，斯时难系长新。掬来遗迹作诗魂，轻吟浑若梦，重忆总藏春。

鹊桥仙·己亥七夕

水浮锦帕，山留倩影，香绕清池和顺。天孙河鼓两凝眸，执玉手、殷勤相问。

云舒云卷，星升星落，演绎人仙剧本。且来故地看传奇，松烟里、几回琴韵。

唐多令·秋夜

流水涤浮尘，凉蟾照古津。老柳边、底事凝神？长看翠鬟轻起舞，随节拍、转千轮。

初夜木樨闻，曲蹊银幕珍。对小桥、焕彩销魂。独自归来犹带露，玄都里、步云人。

唐多令·己亥端午

　　艾草曳长河，流光泻曲坡。望浮云、丛树婆娑。剪影晴空拦野鹭，看白点、几消磨。

　　昨日雨滂沱，今朝舞碧螺。得薰风、分外清和。天亦端阳思屈子，洗琼苑、绿颜多。

鹧鸪天·己亥暮春瘦西湖赏花

　　廿四桥边柳杪垂，琉璃阁上古筝飞。玲珑花界将离色，馥郁丛中月季诗。

　　结子杏，隐痕梅，牡丹不待晚春时。斜阳映水胭脂染，俯视流波味自知。

　　【注】将离：芍药别称。

一斛珠·丁酉春的律动 三首

春之韵

东君染色，秦淮红绿争朝夕。溢香玉凤浮云出，直下芜城，天教人初识。

纤手捧来花一百，芳颜金虎流光射。锦囊重握丹青笔，拟学长康，倩影频相忆。

【注】金虎：太阳。长康：顾恺之，字长康，魏晋南北朝时画家，尤善画人像。

汉风舞动

流云罗伞，凭空直落清溪岸。玉葱重点琴声缓，步履轻盈，惹得青青眼。

绢袖殷勤香漫卷，裙裾起伏乌丝绾。汉家风采悠然见，舞动纤姿，若个春飞燕。

古筝 "梅花引"

素衣纤手，银弦轻拨浮云走。清幽曲调梅香透，夕照涂颜，浑若胭脂漏。

更有高歌随节奏，漫移玉柱寻寒友。老夫扣拍朱台右，揽得天音，酿个桃花酒。

【注】2017 年 4 月 7 日市文联、扬州三霞艺术团等 10 单位在 486 广场举办"春的律动"演出，记之。

生查子·丁酉初夏偶得 四首

晓日浸云红，杨树飞花白。闲步小苑中，渐觉幽蹊窄。

空竹绿茵边，垂钓溪波侧。乍听野莺声，浑如旧相识。

又

　　夜色几重灯，照我归来路。隐约听箫声，缘自扬津渡。

　　猎奇觅曲音，愁绪不知处。纵是有檀郎，焉得情相顾？

又

　　独自蜀山登，行在烟霞里。斑鸠玉树鸣，浮蝶环花起。

　　得见荷锄人，又思离桑梓。时叹别情生，难知梦萦止。

又

　　何来七彩衣，惹得群蜂误。随风舞几回，日脚驱轻雾。

　　偶行青柳蹊，拟觅端阳句。直看縠纹多，浑若灵均去。

孤馆深沉·丁酉冬至

金梅昨夜一枝开，寒九负霜来。向碟碟佳肴，盏盏杜康，昏烛灵台。

悄趁得、紫香千缕，似略去悲哀。直听得，几番叮嘱，且同黄叶徘徊。

南歌子·丁酉春节游个园有得

丛竹琼园翠，红笼曲径新。草坪花轿匿佳人。帘卷频传笑语、逐流云。

溪水朱楼映，梅香锦裕熏。凭栏老叟倍凝神。揽得风情细品、入诗文。

又

巷窄朱门隐，庭宽琴韵长。读耕联意沐曦阳。裕后尚知勤俭、著良方。

凭案观西席，凝神闻墨香。炉温砚润汗牛藏。仰看青云绕屋、燕飞梁。

【注】"读耕"句：个园厅堂内有"传家无别法非耕即读，裕后有良图惟俭与勤"联。炉温砚润：书房内有"砚润炉温"横匾。汗牛：柳宗元《陆文通先生墓表》有"其为书，处则充栋宇，出则汗牛马"句，后人用"汗牛"借代极为丰富的藏书。

渔家傲·运河公馆春色

晓日初升环阆苑，幽蹊闲步住眸看。蜂蝶翻飞勤着面，青君遣，携来胭粉成双伴。

长听黄莺声缱绻，轻熏野蕊香千片。刹那掠过经岁燕，条风软，旧巢直入心无怨。

渔家傲·故地寻春

　　绿埂薰风香复绕，金波起伏浮蜂小。柳絮轻飞归燕早，曦阳照，直观茅屋炊烟袅。

　　偶至乡关思绪杳，那时荠菜今偏少。遮莫相逢人未晓，听野鸟，似言暮色春心老。

乌夜啼·丙申晚秋

　　草苑风欺病柳，荷塘水乱秋葭。独倚栏杆凭酒困，思绪逐流霞。

　　一季妍然锦绣，三千寂寞枯花。长是相望人万里，溪碧玉丝斜。

山花子·冬游

碧水推波柳雪飞，枯荷沉水乱云低。去岁溪边同此景，惹心悲。

遗梦滩头啼野鹭，孤怀画舫忆霞衣。怕见寒风凋玉处，几枝梅。

清平乐·甲午中秋夜

银蟾斜挂，古塔清霜瓦。拜月台寒笙管罢，拾得姮娥香泻。

卮满莫醉今宵，有梦何必挥毫。天角此时长久，暮暮还复朝朝。

卜算子·甲午晚秋

西风柳叶黄，水岸输寒气。举目遥观雁成行，
南去鸣秋意。

独步草蹊中，芳迹难寻几。时听焦桐绕亭台，
锦字谁堪寄？

【注】 焦桐：焦尾琴。

虞美人·春思

（步玉蟾韵九首）

风牵罗裥催花事，蜂蝶闻香腻。红衣拂面自无
言，依旧长廊接水、曲栏杆。

经年难忘春时雨，倩影离人去。几回思尔意幽
深，尺素鱼传海角、梦焉禁？

又

　　寻春觅得舒心句，未伴流云去。蛮笺新展诉衷肠，寄语天涯故友，忆韶光。

　　难忘槛外烟花路，恰是怡情处。阆园依旧莫须量，且趁嫣然一季、野莺傍。

又

　　长观瑶阙花深浅，柳叶薰风剪。嫩寒频袭未飘零，更有苔堤归燕、织青屏。

　　闲来独步群芳地，尽得初春意。奈何寻句却还删，浑若江郎又见、转溪边。

又

对花闲饮须长记，春色休相弃。霜寒去后得佳期，香浸袷衣欲醉、日迟迟。

流莺隔叶啼声碎，犹问人归未。一园芳蝶献殷勤，争奈绿琴难奏、意昏昏。

又

薰风得意红桃在，野燕疏林外。苔蹊独步为寻谁？柳下西施倩影、浣丝帷。

曾经与尔重逢处，飞蝶浑如故。数山相隔世尘间，一诺伊人记否？倚亭边。

又

载花溪水何方去，焉得寻芳句？酸风筛雨转离披，暮色千香坠落、莫吟诗。

思来此景凝愁也，一霎红衣舍。欲留春步觅东君，亦是浮烟驿榭、执空樽。

又

曦阳初出云低亚，兰舸溪波画。黄鹂频听韵如何？若个天音环绕、柳婆娑。

风熏阆苑幽香绝，尽得梨花雪。漫尝浮蚁面红潮，忘却镜中霜发、梦遥迢。

又

休言今夕琼园异，只是条风细。牡丹娇艳入诗题，曲径徘徊寻句、韵堪持。

春光未负何来瘦？镇日香盈袖。更闻焦尾绕栏干，趁得蜂蝶乱舞、影阑珊。

又

雨肥桃李皆多梦，过午香犹重。飞来一雀噪枝声，引得同音频至、去伶仃。

人生莫让流光去，兑个相思绪。应知春后味滋何，风减红颜老矣、尽蹉跎。

虞美人·晚春

溪波轻载天香去，一任黄莺妒。小桥笼柳画舟行，尽是绿肥红瘦、说离情。

思来野外皆无趣，花叠苍苔路。欲留春步驻斯园，争奈东君执意、了尘缘。

又

莺啼暗柳余音绕，似说烟花少。琼枝摇曳浴斜阳，些许胭脂轻浸、若梳妆。

溪边始识春光暮，蜂蝶难留住。纵然低首惜衰红，拾得香衣几片、付清风。

翻香令·春絮

东风还与柳花飞，碧桃又著早莺啼。轻波起、虹桥倚。执手来、旧迹印春蹊。

别时弦语莫听迟，锦书千里托相思。海桑易、心如许。伴云归，何处是依依？

浣溪沙·初夏瘦西湖

画舫乘波芦箬香，莲台倒影碎流光。柳堤端午鹭声长。

雁齿虹桥怀屈子，伊人雅曲绕朱梁。耆翁着意读词章。

山花子·晚秋长堤

残柳惊风坠曲蹊，秋枫趁露着红衣。但觉东篱花扑面，几回迷。

伫立去年开菊处，焉同今夕放香时？留影清池生倦意，化霜丝。

唐多令·秋雨

细雨湿窗台，凉风袖底来。望飞云、似絮盈怀。觅句未知何处起，难挥笔、赋苍苔。

落木叠层阶，有心子不猜。任添愁、此结焉开？遮莫珠帘垂一角，浑若个、意难谐。

山花子·立冬

　　着意琼园送晚秋，浮云幻化坠溪头。搜得残荷皆隐绿，逐波流。

　　柳病幽蹊悲寂寞，榴悬疏杪说烦忧。时见东篱开几朵，苦淹留。

鹧鸪天·丁酉新春

　　六出纷飞涤旧尘，白霓染树报新春。野凫相逐冬溪秀，焦尾长弹曲韵真。

　　梅香起，柳枝伸，惹来鸠鹊闹清晨。桃符一霎红千宅，醉了凭窗赏景人。

看花回·己亥元夕

漫踏春风不夜城，敷面霓灯。直看金豕穿长巷，起焰光、次第休惊。频听欢语过，袖舞娉婷。

凭槛遥望月未升，兀自羞明。始知尘世凌霄胜，闹元宵，把盏酒星。玉龙飞福地，舒韵千声。

蝶恋花·探春

小苑寒风凋落木，绿萼琼枝，傲雪花几束。幽径闲行频驻足，凝眸疏影清香沐。

知尔青衣离世俗，数九初开，只为催春速。莫与群芳争直曲，且留玉骨牵人目。

一剪梅·春信

独步长堤落叶飘，北风时袭，檐铁频敲。阆园枯草隐蹊头，蜂蝶踪藏，桃李香消。

休道黄钟万物凋，寒雪过后，翠柳来朝。东君正孕蜡梅梢，飞鹊琼枝，绕韵红桥。

【注】黄钟：黄钟律和冬至相应，时在十一月，这里指十一月。

一剪梅·影园乙未冬色

晓日潜龙摇影长，烟笼两岸，风扫残墙。频观柳叶自翻飞，浮叠溪头，隐约流光。

拟行曲蹊寻旧芳，满目萧瑟，几度神伤。悄然回首石桥边，一树金梅，些许清香。

散天花·熙台秋

亭静人稀竹影长，清商涂柳叶，半堤黄。扁舟浮镜接天光，风凋莲子老，谢红妆。

争奈秋园隐胜芳，琼台犹寂寂，惹心殇。扶栏远望雁成行，一声啼紫阙，几回肠。

秋蕊香·馨园品秋

修竹千株相扣，苔岸一桥光皴。青龙暗潜轻波瘦，半苑木樨香透。

曲蹊枫叶红丹又，醉心久。帝乡游罢须斟酒，恰是品秋时候。

菩萨蛮·暮秋登栖灵塔

平山玉笔虚空指，夕阳轻染生元气。拾级上琼楼，登高漫品秋。

凭栏京口望，惟见霭烟涨。岭下碧溪长，迷吾桂子香。

【注】生元气：李白《秋日登扬州栖灵寺塔》诗有"顶高元气合，标出海云长"句。

临江仙·寻春

曲径微风闲步，柳堤绿草频生。长听高树野鸠鸣，缓行惊宿鸟，急去尚留声。

遥望笼烟碧水，浮来画舸青屏。瞬间云破晓阳升，虹桥驱雾障，胭色浸芜城。

又

溪岸轻波疏影，驿亭残雪无痕。清香敷面洗凡尘，绿梅悬老树，东帝点初晨。

阆苑姮娥观色，花坛野鹊喧春。薰风吹得倍精神，曦阳留玉照，淡墨著词人。

临江仙·棠湖秋色

羲轮西去胭脂色，偶过一字归鸿。舸帆浮镜影千重，杳连天宇紫微宫。

芦雪轻摇思宋玉，莫嗟秋气相逢。须看琼岸菊香浓，堪裁诗句碧湖东。

【注】芦雪轻摇思宋玉，莫嗟秋气相逢：宋玉《九辩》诗有"悲哉秋之为气也，萧瑟兮草木摇落而变衰"句。

临江仙·陈园春

熙风曳树樱花艳，卷石倒影轻摇。绮霞初出染溪桥，古香熏客泛春潮。

倩女兰舟芳荟萃，碧波红鲤相邀。闲游阆苑意逍遥，静思堂内品离骚。

【注】绮霞：园内绮霞阁；古香：指园内古香书屋；兰舟：园内有荷雨轩，仿画舟而建。静思堂：陈园一景。

荔子丹·秋思

一水枯荷野鹜飞，青帝亦东归。晓来幽径柳萧瑟，秋光老，未许忘红衣。

曾经笑语傍风离，海角隔清姿。欲扣蛮笺鸿雁寄，奈韶华、既逝焉回？

浣溪沙·万福桥夜色

夜色凭空飞彩霓，玉楼浮水接东西，撑天巨笔尽书奇。

一叶扁舟穿碧镜，几番胭色著琉璃，谁将瑶阙世间移？

清平乐·啃秋

寒瓜立案，圆绿龙纹见。谁剪翠衣分数片，若个胭脂入眼。

一口蜜水滋喉，两口暑气皆休。最喜顽童贪食，唇膏敷面寻秋。

行香子·灯船秋夜

两岸烟笼，丛桂香繁，且秋宵蹊曲亭连。灵槎浮水，宝焰光旋。对桥边柳，楼头月，舫中仙。

芜城古渡，金秋玉阙，正清风几许缠绵。扶栏俊赏，击拍听弦，更悦霓裳，怡心志，著诗笺。

【注】宝焰：辛词《婆罗门引》有"落星万点，一天宝焰下层霄"句。

人月圆·九峰园夜色

红衣暗退莲台老，木叶下清波。蹊边琼榭，蛩声断续，竹影摩挲。

笼烟阆苑，乘风仙子，星月消磨。扶肩俦侣，闲行曲径，鬓发霜多。

西江月·秋

曲径木樨香郁，秋虫苔岸缠绵。石桥浮水枕金盘，疑似青溪龙殿。

琼案佳醪沉醉，流脂小饼酥暄。清风频拨柳丝弦，几缕伯牙音遣。

诉衷情令·秋思

西园闲步曲蹊长，蚱蝉噪叶黄。荷衣碧水轻曳，坠落浸池香。

依老树，望秋殇。几回肠。浮云漫舞，残绿频摇，归雁成行。

又

暮观飘叶已知秋，云绕碧溪头。风雕縠纹摇影，暗柳系扁舟。

怜藕老，听清流。忆香稠。轻嗟时序，转换须臾，逝水难留。

水龙吟·丙申中秋无月

沉沉暝色笼溪岸，细雨梧桐声叠。縠纹碎影，扁舟系柳，野莺啼绝。曲径闲行，珠移罗伞，风凋黄叶。问何人施法，凌霄关闭，张天幕，遮寒月？

须记去年心悦，玉台中，琴音难歇。翠鬟起舞，金钗亮眼，木樨浸发。休叹此时，未随吾意，旧痕皆没。有茅庐案几，流脂酥饼，且琼浆烈。

八声甘州·"雨过吟月过中秋"
分韵得"乌"

隐清商玉璧对芜城，一天幕帘乌。沐阆园寒桂，湿衣细雨，敷面垂珠。直看琼屏翻转，若个旧笺书。秋月琵琶曲，着意长舒。

倚案轻撑罗伞，品白茶馥郁，小饼脂酥。听雅风几度，浑似入蓬壶。更姮娥、破云下界，舞蛮腰、香气浸裙裾。谁还记、冰轮遮否，霜发生无。

【注】2017年10月3日晚，平山诗友相聚宋夹城，参加"城里的月光，2017宋夹城中秋夕月礼"活动，并以"月明星稀，乌鹊南飞。绕树三匝，何枝可依"诗句分韵作诗。

梦横塘·蜀冈初春偶感

蕙风熏色，梅萼初开，漫山皆浸香气。柳眼惺忪，织翠幕、琼蹊迢递。斑蝶翻飞，碧苔环绕，悦人情志。望浮云着塔，树没禅烟，高鸢纸、知谁系？

茅庐隐匿峰腰，盈盈传笑语，似断还继。绿鬓同游，曾一度、影留千次。疏篱在，垂檐依旧、几串红珠若花缀。纵有韶光，重温陈梦，亦为空相记。

梦横塘·丁酉秋意

晓荫轻笼，蹊径长延，一程枯叶敷面。未听鸣蝉，仰老树、方知神倦。风皱溪纹，水摇云影，野鸥羞见。况芙蕖隐色，绿伞稀疏，凭栏望、思幽远。

悠然几缕游丝，离莲裙去矣，惹我青眼。又念烟花，香气溢、尽熏苔岸。乘兰棹、芳衣摘得，酿个佳醑入金盏。恨对清商，裹来萧瑟，有寒蛩声遣。

金缕曲·秋雨

秋雨凭空起。对窗前、桂枝摇曳，芭蕉声碎。流潦幽蹊珠千颗，敷面飘黄不已。移望眼、溪波次第。端的芙蕖踪迹隐，只留痕、些许莲台矣。思绪远，飞鸿翅。

芜城三月烟花事，未能忘、桃李薰客，更闻焦尾。赢得天孙瑶池降，广袖勤挥难止。节序转、浑如弹指。缕缕西风凋落木，者浮云、尽惹人憔悴。遮夜幕，无眠意。

金缕曲·己亥仲秋

萧瑟凉风袭，皱清溪、锦鱼深匿，落荷朝夕。敷面梧桐频飞叶，苔径须臾涂色。踏高阁、拟搜残迹。倏忽雨帘青目隔，直看它、一地珍珠积。看物候、思难息。

小山茅屋犹堪忆，草生火、老锅饼烙，新香谁敌？几度欢言环门户，休管暑寒干湿。念往事、先慈恩泽。遮莫流光知人意，似教吾、做个逍遥客。引玉凤，萧郎及。

金缕曲·己亥晚秋旧地重游

兴起西湖去，踏长廊、漫寻陈迹，鸟声环树。微步苔堤连琼壁，泼墨留痕休数。况斜照、嫣红水路。忽地清风频吹发，仰首看、金粒幽香付。观此境，思无序。

犹知那岁曾相顾，悦秋光、石榴千个，縠纹几许。遥望青鬟飘然至，但听莺莺细语。只一诺、萧郎亦妒。依旧阆园偏空置，便重来、如梦回孤旅。惟落叶，若飞雨。

眉妩·春雨

向残寒些许，细雨千重，天意费参酌。晓起听呼啸，瑶窗隔、长闻高塔鸣铎。翠帘玉箔，怎奈它、香坠楼阁。更依槛、湿地多红糁，住眸已非昨。

难索，三春缘薄。叹蝶蜂无觅，风雅何托？人道须骑鹤，扬州梦，皆为琪树城郭。莫嗟负约，怨赤松，几度穿掠。应搜得琼珠，冰蚁酿、悦怫幄。

三姝媚·戊戌清明有得

残寒环旧砌，正筛雨飘潇，莓苔新洗。竖石颓痕，著先人名讳，殁生留记。伫立碑前，几拜谒、纸烟升起。思绪翩跹，珠泪潸然，默言难已。

若水光阴易逝，忆陋屋通风，粉缸堪碎。欲向凌霄，把愁心倾诉、未能知意。白寿归西，携遗恨、与谁评说？惟盼清明时节，云开雾霁。

八声甘州·丁酉元夕友聚

踏层阶琼阁泻虹霓，帘卷插梅黄。对珍肴陈案，冻醪盈盏，满屋芬芳。欹帽斜依罗垫，细品味悠长。桃色敷颜面，化蝶时光。

偶听昆腔吟唱，且敲盘为乐，曲韵飞梁。更韶华重忆，经梦莫须藏。悦初春、一年有计，拟裁诗、斯处觅良方。轻移步、凭栏仰看，桂殿流香。

【注】元宵佳节，诗友相聚，谈诗、听曲、品酒，情趣生动，记之。

迎新春·己亥除夕偶得

陌屋袅香气，直看山珍盈案，光泻敷人面。莫停箸、肴堆碗，笑声中、屠苏几盏。更道个、来岁三星相伴，有志皆遂愿。鸣钟止、余音环苑。

渐寒将去，绿萼犹绽，时序换，煦风柳杪轻剪。还思往事如烟过，慕江郎、梦笔千卷。奈才疏，焉得挥毫逢青眼。望苍狗云栈，坠影湖水，印痕长短。

梦扬州·己亥冬至

雨初收，正阆园冬至，思祖难休。旧案泛香，老酒重斟金瓯。住眸惟觉慈容在，听嘱言、霜发盈头。依栏坐，轻移弦指，韵声频绕琼楼。

倏忽时光水流，乘白鹤浮云，十载仙修。入梦几回，解道悠然无忧。只缘数九今宵起，念故慈、情绪淹留。偏嗅个，梅花馥郁，堪摘相酬。

满庭芳·除夕

瑞气朱门，星光琼阁，犹看百里朦胧。团圆焉误，御辇疾如风。海味遍尝惬意，趁除夕、一醉千盅。况难忘，新人初识，比翼更情浓。

鼠来金豕隐，几回祝福、无论由衷。莫言老，今朝即是仙翁。夜色何须爆竹，传天籁、弦似流淙。频闻个，梅花香漫，谁记正隆冬。

梦扬州·庚子清明

晓风吹，引柳条摇曳，悬影沉溪。露结李桃，几许流光谁知。止行苔径悠然处，一篓金、烟接云西。啼莺至，穿梭花树，似言瑶阙香滋。

犹记清明旧时，望自扎鸢筝，觅个稀奇。荠菜慢挑，裹饺今宵难追。只缘半百须臾去，看蝶飞、频念先慈。凝伫久，青丝暮雪，如梦忘机。

莺啼序·戊戌踏春有寄

隋堤尽眵柳眼，织青帘遮路。梅渐隐、风裹残寒，坠它芳迹尘土。者红杏、南陂献媚，琼枝锦簇群蜂舞。况结香浸祐，拾阶短程频顾。

画舫轻登，漫挥兰桨，趁雪莲几度。沉云叠、涂色琉璃，瞬间惊起游鹜。倚朱栏、春光醉客，闻绿绮、雅声环渡。系仙槎，拟探琴音，笙歌休负。

凝眸竹榭，纤指勤弹，翠鬟神独注。且览个、落珠瓦缶，滴雨芭蕉，急响冰弦，缓移玉柱。长观瑶阙，倾听天籁，忘机倏忽韶华至，记板桥、浑若黄莺语。溪头一诺，争奈遗恨空留，惟得千回思绪。

良辰易逝，琪蕊还开，对鬓霜新著。料如是、海涯相阻，偶遇东君，亦念陈事，或忆俦侣。悠然梦醒，文姬停奏，呼来飞燕重打理，有沱茶、金盏当须煮。遥望晚照霓霞，灵鲤浮波，野鸠归树。

【注】落珠瓦缶：唐白居易《琵琶行》有"大珠小珠落玉盘"化用之。急响冰弦：鲁迅《赠人》诗有"须臾响急冰弦绝，但见奔星劲有声"句。缓移玉柱：南朝沈约《咏筝》诗有"秦筝吐绝调，玉柱扬清曲"句。

【绿杨揽胜】

插画：庞现青

【诗部】

闲步瘦西湖

伏月水天明，苔堤十里行。
花香空绕阁，黄发觅诗情。

又

亭高柳笼烟，蹊曲蝶栖莲。
水阔扁舟过，姮娥复弄弦。

又

虹桥倒影沉，野树玉蝉吟。
锦鲤推青藻，浮霞浸我心。

闲步影园

红桥溪影动，曲径晚霞飞。
竹叶青盈苑，榴花香染衣。

卷石洞天

高树黄莺戏，朱廊翰墨多。
薰风香紫蕊，卷石瘦清波。

过荷花池栈桥

水破浮桥立，圆荷尽染黄。
须臾飞野鹭，渐远向斜阳。

徐园

老虎曾为一苑狂，亮工题字作囚藏。
只今惟有清池水，犹记那时红与黄。

御马头

一碑立岸片云过，旌旆随风玉带河。
绿绮堪闻思往事，流光几许浸藤萝。

闲行保障河畔

漫踏秋光一水东，城楼浮影化龙宫。
何如泳客深潜去，河蚌携来笑语中。

望四桥烟雨楼

前年隔水看琼楼，秋雨笼烟隐漆眸。
今日凭栏飞白鹭，晴光瑶阙映清流。

三里桥

平桥隐匿避秋寒，几许清波过曲栏。
织女携来云作锦，不知装点给谁看。

剪影桥

网格轻开晓日红，雁行蓝幕映河中。
分明尽得三秋色，剪影何须到碧穹。

九峰园

枯黄圆叶一池秋，蛱蝶难寻几许愁。
好是桥头丛绿在，木莲绽放自香流。

燕燕居

千朵凌霄小院前，几回燕子玉堂穿。
香风缕缕罗衣浸，筑梦芜城瑶阙天。

又

晏福亭边凿小池，何人有意匿晨曦？
栖香阁畔榴如火，点缀青颜一苑诗。

玲芳园

揽得闲云铺曲水，搜来灵石化雏狮。

可廊缓步人安逸，心悦朱亭黑白棋。

【注】可廊：廊名

又

紫藤炎夏着花奇，梅子犹思傲雪时。

凭案烹茶香浸袖，翻飞蛱蝶亦相知。

天匙园

百龙玉壁复留痕，化作徽标绕户门。

直看云螭腾碧宇，霞光闪烁野莺喧。

又

倚壁为山细水流，沙弥合十佛音稠。
忽观白鹤青霄降，携带香风住小楼。

又

天匙桥下起清波，龙脉相通漾碧荷。
谁倚朱栏如醉客，且同星月共消磨？

又

霓光漫浸千重色，玉案长听八窍珠。
几度子儒传止语，凝神一刻自心娱。

静庐

翠竹轻摇小苑幽，芭蕉映绿一墙收。
清泉兀自龙宫出，几盏碧螺香自流。

又

叠石成山一洞天，水珠三迭润红莲。
亭中对弈怡心志，夜色清幽看月圆。

诚园

藤蔓攀爬筑岫岩，长留倒影半池衔。
茑萝蛱蝶随风舞，曲径闲行露浸衫。

又

厅堂又见一重天，修竹芭蕉亦结缘。
窗外搜来山水色，剪裁几度作诗笺。

古运河画舫游

虬龙环绕劈波行，万朵莲花次第生。
浑若银河驰骏马，天悬玉璧薄霜倾。

登小金山看云

和风勤曳老松枝，亭铎千声绕耳垂。
俯瞰流云沉水幕，兰舟倩影紧相随。

访文峰寺

寒风呼啸塔铃敲，野鹊惊飞别树巢。
几缕禅音金殿出，归来有意俗尘抛。

丙申冬瘦西湖雪景

阆苑凭空飞白霓，莲桥倒影绕云西。
伊人画舫观斯景，一曲清歌惹客迷。

又

铺玉长堤野鹜飞，鹊登梅杪淡香衣。
何人凭槛殷勤看，醉入银屏不思归。

又

素裹银装飞鸟迟，几重踪迹矮丘移。
篱边树下多游客，元是竞观梅一枝。

又

雪映红衣裸柳垂，榭铃风动复生奇。
赋闲黄发妆年少，几度徘徊拟作诗。

玉龙花苑

掬翠秋亭水映红，名家墨迹曲廊中。
僧庐听雨洞天府，篱下悠然一耄翁。

无双亭

开门满目桂花黄，闲步秋蹊一苑香。
亭水相连瑶阙里，漫裁诗句付流光。

祥庐

名联壁挂自生春，紫气东来玉阙人。
垂竹清波能钓鲤，虹桥飞阁可藏珍。

运河夜色

微风轻拂玉蟾初，坠入流波碎影疏。
斜倚琐窗心欲醉，借来一纸作诗余。

泛舟瘦西湖

兰舟轻驾破青湖，素雪时生时复无。
驶近芦丛风曳绿，凭空惊醒几飞凫。

戊戌瘦西湖踏雪有得

风寒昨夜白鳞飞，阆苑新装瘦变肥。
今夕何人相探望，徘徊几度湿罗衣。

又

一龙横水接寒蹊，轻踏云阶化白霓。
俯首犹观来去鹜，梅香千缕自成诗。

又

天阕飞琼种玉花，香台染白树笼纱。
忽闻梵呗山门唱，顿悟禅心得一槎。

登小金山

晓阳漫染小金山，丛竹轻摇绿水环。
野雀离巢清露吭，谁人拄杖独开颜。

仲夏瘦西湖

凭栏遥望一壶天，几点飞凫绕画船。
更有笠翁垂钓竹，金钩鱼戏作神仙。

溪岸一景

溪岸微风曳绿条，黄莺啼叶韵难消。
荷香熏得金蜂醉，几度翻飞一梦遥。

游三湾湿地公园偶得

澄波如练去悠悠，浮舸轻移映画楼。
最爱琼台凤凰起，箫声一曲不知愁。

湾头山光寺

古渡岸边残寺留，颓垣石匾忆春秋。
当年御棹今安在？惟见云烟付水流。

影视基地抗战布景偶感

时序回移三七年，东洋倭寇舞翩跹。
黑云压顶山河碎，灾难侵来月不圆。

又

军民奋起铁刀挥，消散阴霾铸国威。
斯景犹言驱故事，硝烟几缕染征衣。

甘泉古井

犹记当年乱世逢，劳军征伐惠民功。

白云依旧环春树，老井颓然卧岭东。

登梅岭

残冬拾级近黄昏，蜜蜡千枝香有痕。

一曲清波芳影在，何须搜字铸诗魂。

雪染影园

一夜琼园降玉妃，惹来素裹白花飞。

画舟点水虬龙影，几缕香风浸客衣。

静香书屋

梅花书屋小蹊栽，一苑清香绕案台。
叠石为山亭舫半，廊桥曲径独徘徊。

仙鹤寺

古树云霄几百年，清霄日出瑞光旋。
随风缓落天堂客，从此芜城栖鹤仙。

又

传递真言穆圣来，亦需作证是非裁。
千回礼拜韵声叠，几缕芳香绕玉台。

高邮净土寺塔

惠风绕宇著祥光，柳翠蹊弯一苑香。
试问何人挥巨笔，蓝天作纸著华章？

又

颓颜古寺立城东，几缕和风云染红。
七级浮屠皆佛意，似闻禅韵塔楼中。

盂城驿

曲径琼园菡萏开，穿云玉阁驿人来。
为传锦字翻千岭，尘土直连铜雀台。

又

一览湖天翘角高，堂前驻节几英豪。

情思万里随风至，解乏何如品醴醪。

【注】一览湖天：盂城驿有"湖天一览"匾。堂前驻节：指驿站"驻节堂"。情思万里随风至：驿站有一联，上联为"千里慰情思 栉风沐雨"，化用之。

秦淮偶得

初冬相会小秦淮，寒菊携来作玉钗。

拟仿东篱归隐客，清茶一盏复舒怀。

影园夏日即景

趁得斜阳照，闲行一径幽。
颓墙遮野草，古渡绕清流。
偶听焦琴韵，长看碧水楼。
芙蕖思采撷，何处觅兰舟？

登唐城楼

重阳上玉楼，满目尽涂秋。
水瘦枯繁获，堤长横野舟。
蜀冈枫叶火，古寺桂香稠。
凭槛生思绪，微风浸白头。

己亥初冬登三湾津山偶得

阳春依旧驻津山，　汝尔轻登胜境连。

白鹭翻飞频点缀，　红枫摇曳独争妍。

开弓直接东西岸，　剪纸横分南北天。

纵是蓬莱成福地，　何如邗上作神仙。

【注】汝尔：津山上汝尔亭。开弓：指有拱形桥架的凌波桥。剪纸：指剪影桥。邗上：扬州别称。

秋游个园

金风名苑老藤垂，　曲径单行欲探奇。

叠石为山经一岁，　成龙抱节曳千枝。

吹弹共享天音乐，　耕读传承家训遗。

园宅浑然真玉阙，　诗联示后总相宜。

虹桥揽胜

凭栏北望一湖天，水映浮云竹榭前。

苔岸笼烟梳翠柳，金山倒影系兰船。

潜波野鹜莲花戏，觅胜耆翁梦境连。

拟化比丘开布袋，搜来佳景著诗笺。

荷花池

南湖夕照柳丝风，阁影轻姿图画中。

满目青莲天水碧，万枝粉烛石桥红。

凌波仙子行云上，乘兴耆翁钓榭东。

睹景裁诗瑶阙趣，掬香为酒醉千盅。

【注】南湖：荷花池公园水榭有横匾"一片南湖"。

【词部】

杨柳枝·落帆栈道

桥映清波野鹜飞，链牵弯道柳丝垂。
紫藤绕石芬芳至，几缕春风拂我衣。

杨柳枝·长堤春柳

梅树生香柳笼烟，叠霞沉水鹭声旋。
李桃破蕊吾心乐，欲揽春光入画船。

【注】长堤春柳：为扬州瘦西湖一景。

杨柳枝·春波桥

桥映清波石浸霞，船涂春画柳笼纱。
独行绿岸观斯景，掬得流光可煮茶。

杨柳枝·西园曲水

繁柳红桥卷石天，碧波青草饮虹轩。
粉桃倒影浮鸥醉，曲径闲行羽化仙。

杨柳枝·东关古渡

蹊曲坊高翰墨飞，舫行鱼悦片云低。
莫言古水多陈迹，曲雅桃香不思归。

杨柳枝·九峰园

霞落清波水榭红，柳花摇曳醉东风。
李桃馥郁瑶池妒，一苑新妆待老翁。

渔歌子·御马头

碧波拍岸柳花飞，琼榭麻石墨迹遗。
陈埠在，过云知，谁赋风雅说传奇？

渔歌子·明记旧楼

柳花染绿旧坊楼，几许和风意未休。
南去水，北来舟，犹说兴衰几春秋。

【注】明记旧坊楼：指旧扬州明记面粉厂。

渔歌子·天宁寺

朱栏玉砌禅意浓，老寺琉瓦古韵风。

佛缘结，帝乡同。碑迹长留旧梦中。

渔歌子·过大王庙

曲波绕刹树熏红，邗上留痕二王宫。

嵌碑刻，说由宗，成败何须论英雄？

【注】大王庙：指扬州北郊大王庙，主祀吴王夫差，配祀汉吴王刘濞。成败何须论英雄：大王庙有"曾以恩威遗德泽，不以成败论英雄"联。

渔歌子·古运河岸沙画

金沙成画嵌半逻，揽来维扬古韵多。
听评话，沐清波，若睹秋娘几回歌。

添声杨柳枝·小金山

叠石成阶接紫宫，绕青松。朱亭斜倚看苍穹，
乱云重。
忽见天孙乘帕至，浮香气。更闻野鹭噪湖东，
悦耆翁。

添声杨柳枝·徐园

晚照新涂曲径黄，鹊声长。小桥溪水泻青光，柳飞扬。

独步阆园怡午月，驱暑热。随风偏得几回香，浸罗裳。

添声杨柳枝·小虹桥

遥望清湖起彩虹，味无穷。柳丝勤曳绿帘风，画笺中。

一棹穿波何处去？寻箫女。凭栏揽得韵千重，小亭东。

添声杨柳枝·钓鱼台

风叠流波一朵莲，意连绵。直观青秒化飞鸾，舞蹁跹。

云坠瑶池频点缀，犹相卫。轻舟霜发绕亭前，尽开颜。

添声杨柳枝·瘦西湖冬色

十里长堤落木多，奈它何？一叶扁舟乘清波，漫消磨。

似觉暗香衣袖染，心生感。仰观野鹊正飞过，听吟哦。

又

溪岸红衣剪树忙，孕花香。野鹜三两沐流光，戏寒塘。

一叟闲行春意觅，心无寂。直思雪后柳风长，著辞章。

菩萨蛮·戊戌寒冬影园有记

朔风卷地飞琼乱，旧园枯叶来相伴。野鹊未闻喧，流溪暗色天。

闲行萧瑟路，偏得韶华顾。火棘泛轻红，金盘开几丛。

【注】金盘：指八角金盘花。

西江月·庚子三湾初春

几片浮云织锦，一程绿萼流香。清河隐约縠纹藏，暗匿虬龙千丈。

休悦初睁柳眼，须怜即去时光。遥看天水两茫茫，何若春醪自享。

西江月·古运河中秋夜色

几许凉风搔发，一轮寒月浮空。幽蹊着意接青龙，柳影朦胧若梦。

画舫悄然穿过，叠波忽地重逢。虹桥伫立悦无穷，尘俗皆抛谁懂。

西江月·己亥中秋过瘦西湖碑廊

草榭青湖相映，木樨佳丽争香。犹看复罩碧纱窗，尽是古今绝唱。

驻足墨痕生趣，凝眸思绪悠长。且将国粹酿琼浆，醉个秋风酣畅。

醉太平·荷花池消暑

闲行栈桥，长闻竹箫。荷香足下轻飘，听蹊边马蜩。

浓茶暑消，柳条影摇。小亭黑白轻敲，趁微风几遭。

玉蝴蝶·菊展

隋堤深碧轻黄，瘦影漫流光。十里翠龙长，千层锦被香。

霜风薰圃艳，浮蝶踏诗忙。谁道已秋殇，水乡如梦乡。

清平乐·荷花池雨中行

风飚袖底，斜雨倾难止。罗伞垂珠行苑里，焉止芒鞋浸水？

知了高树停喧，青萍逐浪悠闲。满目香衣坠落，浮云若绪联翩。

清平乐·康山夜色

霓灯盈眼，一水金鳞乱。百尺银屏千岁远，复展汉唐画卷。

横幅轻曳秋风，绿鬟长舞河东。焦尾勤弹几度，曲声直绕苍穹。

清平乐·荷花池公园赏月

冰轮高挂，清气虚空泻。直看姮娥登水榭，纤指焦琴声雅。

执手俦侣闲行，怡心桂树香生。偶念卅年如水，明月依旧亏盈。

清平乐·偶至通江门

八亭横跨，脚底清波泻。骚客楹联高柱挂，黄鹤芜城直下。

玉砌闲拾心舒，竹笛偶听烦除，似觉长居方丈，香风尽润琼庐。

【注】黄鹤：指黄鹤楼。

清平乐·南门遗址码头

秋岸叠石，翰墨频留迹。夕照清波勤着色，野鹭浮云过客。

谁执钓竹休闲？鱼咬丝线寻欢。趁得画舟犁浪，直闻老树鸣蝉。

清平乐·仁丰里老巷组词 四首

永乐琴坊

声声雅韵，老巷频滋润。驻足扶栏犹探问，谁个古筝音稳？

纤指弦马轻移，金钗凤目沉迷。无视耆翁伫立，偏留香气纷飞。

格桑花

奶香沁肺，漫饮人欣慰。几碟简餐皆得味，玉盏酥油不腻。

银幕转换湖山，藏饰妆扮婵娟。犹记格桑花艳，淹留一刻心宽。

扬州老照片馆

时光穿越，百岁重连接。四壁图框皆入列，邗上风情堪阅。

犹记合影黄斑，长思城碟青颜。云绕晴空依旧，只是换了人间。

诗鱼书院

幽篁环绕，晓日琉璃照。几缕黄笺清香妙，过往诗鱼欲钓。

普洱重泡轻尝，风骚长论难忘。始识民间高隐，勤撰盛世华章。

人月圆·七里河月色

晚来明月悬天幕，寒殿桂花香。溪沉玉璧，林栖素羽，人沐银光。

小桥斜倚，青瞳漫赏，焦尾难忘。露侵霜发，秋圆旧梦，神入仙乡。

好事近·宋城寒雨

古邑雨如丝，莲化垂钟难起。远水冻云一色，似待书笺纸。

杜康木屋品千盏，焉惧它寒气。解道冬藏春信，着蜡花相寄。

减字木兰花·古街元夕

云间冰魄，来伴灯花环凤阁。拂面香尘，疑是姮娥遗九珍。

水光山幕，千古风流藏一角。信步闲翁，但爱汤团家味浓。

瑞鹧鸪·何园秋

垂露芭蕉付晚风，小蹊石滑听寒蛩。碧池鲤出纹千缕，高阁台陈灯几重。

偶踏层阶清韵奏，长凭朱槛月浮空。莫言落寞弥秋色，寄啸偏闻金粟浓。

采桑子·访江都开元寺组词 五首

开元寺药师塔

仰观玉笔青霄指，拟作天书。几缕香裾，元是琉璃瑞气舒。

欲询银杏何为伴？不忘心初。吾友休呼，且听禅声时有无。

因果堂

幽冥十殿呈因果，警示凡尘。在世为人，诸恶休沾非是分。

纵然得势须行善，净尔灵魂。移步三旬，始觉轮回若个真。

银杏树

公孙耸立浮云里，历尽寒霜。六百龄长，识得人间暖与凉。

须知一度曾逢险，幸得良方。巧着金装，端的威风驻释乡。

五百罗汉群雕

暮商金殿霓灯照，浸透衣裳。罗汉眉长，五百留名各异妆。

如生容面人皆赞，巧立琼墙。轻沐禅光，犹带灵山一缕香。

篱边紫薯

篱边花圃花羞见，惟有萝藤。趁得风清，摇曳青衣晓日迎。

思浓长浴禅光久，妙法长听。须信功成，一地流香紫薯生。

采桑子·大桥古镇采风组词 五首

楠木厅

小园幽静香熏透，丹桂遗痕。楠柱莲纹，似说袁公着意真。

知他慕义施援手，曾惠吾军。旧岁如尘，惟得书笺留记文。

【注】袁公：指楠木厅主人袁济川之孙袁希伯。

黄冈别墅

连绵细雨偏生趣，寻得黄冈。初看雕墙，遒字
生辉竹韵藏。

阆园老树枝繁密，龙爪频张。凭槛思长，似见
梅花点琐窗。

【注】黄冈：大桥黄冈别墅。龙爪：龙爪槐，别称：
垂槐，盘槐。初看雕墙，遒字生辉竹韵藏：指门楼有"黄
冈别墅"砖雕，系园主徐竹楼，根据北宋王禹偁《黄冈
竹楼记》，将此园命名为"黄冈别墅"事。

刘厚之故居

初冬筛雨侵陈苑，漫染萝藤。一"福"相迎，
长记刘君商贾情。

精雕依旧藏风韵，百岁留名。牌字鲜明，犹听
将军号令声。

【注】牌字鲜明：指刘宅门口"新四军挺进中队
二三支队司令部遗址"红牌。

永济桥

琼亭横跨东西达，脚底生波。遥望长河，两岸依然柳影多。

仰观朱匾鎏金字，岁月消磨。忽听吟哦，恰是闲行一碧螺。

繁荣古街

长街麻石通今古，屡历风霜。偶看颓墙，始识曾经着盛装。

几重陋室淹留苦，倍觉凄凉。须信相帮，再展新姿若帝乡。

采桑子·闲步运河一号公馆

曲蹊竹翠斜阳照，倩影轻摇。鸠韵难消，若个传情俦侣招。

还观锦鲤穿池过，自得逍遥。望眼楼高，几片浮云逐碧霄。

采桑子·戊戌岁末闲步古运河岸

渐消玉屑尖青草，黄蜡香幽。一叶扁舟，碎个浮云乘碧流。

杨英开凿长河事，功在千秋。今古邗沟，似见翻飞几只鸥。

【注】杨英：隋炀帝的别名。

生查子·壶园有寄

陌苑木莲红，金盏琼浆白。笑言绕朱梁，风雅吟团席。

漫听伯牙声，长看江郎笔。霜发曳凉秋，弯月送离客。

玉楼春

满目李桃敷客面，野雀翻飞声未倦。熙风摇绿点清波，晓日流霞熏阆苑。

如月酣春蜂蝶见，觅胜揽香情缱绻。嫣然一季梦多藏，黄发裁诗歌几遍。

临江仙·玉龙苑

小园拥翠溪流彩，桥姿榭角相逢。曲廊精刻墨飞龙，石山高耸阁生风。

阶拾登临寻艳迹，偶观枸杞涂红。清商次第笑声重，何人裁句玉京中？

临江仙·庚子春闲步运河风光带

苔径清风几缕，澄河垂柳千重。黄衣啼树意朦胧，国香趋隐迹，夕照独熏红。

驻足桃英飞雪，凝眸天水浮空。休嗟花事付流淙，南坡开石竹，北阁看渔翁。

临江仙·戊戌初夏瘦西湖偶遇龙船

夕照长堤翠柳，和风碧水龙船。银筝弹拨韵飞旋，旆旗留倒影，纤手拍朱栏。

偶听乾隆宣旨，轻嗟朝代翻篇。纵然清帝得开颜，焉能彭祖寿，堪作玉虚仙？

临江仙·丁酉初夏三湾采风组词 六首

高山流水

盈目青屏云绕，轻声透石琴弹。高山流韵水潺潺，野莺栖玉树，琼砌听丝弦。

偶得知音何处，闲行湿地三湾。芜城郊外伯牙缘，朱台金盏后，胜境阆苑前。

妙笔绘三湾

妙笔轻挥留墨，锦笺重展浮香。精心谋划莫须藏，惹来蜂蝶舞，还看画舟航。

塑得玄都堪赞，词舒韵味悠长。漫行苔径水流觞，徘徊斯境里，浑若入仙乡。

玉凤台

一路胭脂涂色，几回碧水流光。薰风吹得过云忙，拾阶琼砌悦，牵袖野花香。

何处清眸寻迹，斯园白鹭梳妆。箫笙犹奏韵飞扬，须知弄玉在，便可看萧郎。

陶艺喷泉

卵石蹊边重叠，瓦坛樱口初开。冲天琼柱洗尘埃，跳珠千粒白，妆苑几回谐。

风度霁烟草起，溪流素雪莲栽。更看云坠碧池来，轻纱疑碎影，华发悦瑶阶。

锦瑟桥

谁搭琴台横水，还加雁柱搜云。清风弹碧共氤氲，几回惊野鹭，一度驻佳人。

但有琼花相伴，须留天籁重闻。凭栏低首觅灵均，翻波游锦鲤，摇箸系诗魂。

观鸟屋

一水三湾摇绿，繁花孤屋收晴。朱阶闲踏琐窗凭，远观飞锦帕，近听噪流莺。

翰墨重描佳处，童心偶得新屏。拟斟芳醴悦斯情，留香蕊俟蝶，觅友鸟为盟。

临江仙·长堤荷风

草青蹊曲苔堤碧，驿亭柳戏晨风。画舟浮水碎霞红，泽芝轻曳著香浓。

圆绿珠移还亮眼，玉台云集金蜂。伊人翠鬟粉花融，更闻飞鹭韵声重。

浣溪沙·庚子暮春丁伙朴园采风行
组词六首

鸥亭

夕照小亭一抹红，野鸥未许得相逢。惟看游鲤欲潜踪。

鸢尾重黄沉倒影，栈桥九曲接花风。几回俯首踏苍穹。

城堞

迢递高墙接雀台，拟看粉黛踏云来。流香浸袖去尘埃。

红蕊金蜂寻野趣，碧波轻棹悦襟怀。曲蹊羁客赋诗才。

重门

幽径几回飞蝶多，青墙连亘接清河。重门入眼绿婆娑。

停足任它香漫浸，过窗随意燕穿梭。浮云萦绕自消磨。

小桥

水路迂回过阆园，两边曲径一弓连。涟漪叠起野鱼欢。

斜倚小桥搜夕照，凝看长练听莺言。风吹圆绿几枝莲。

隧道

弯道贯通叠石间，藤萝高挂壁花鲜。直观洞口片云闲。

漫步凉风消倦怠，住眸绿色意悠然。犹知出处即桃园。

老树

老树千年立俗尘，虬枝终日舞奇珍。紫花锦簇地龙身。

初识惟知留倩影，长观始觉接仙根。独开一境悦游人。

浣溪沙·丁酉三湾端午组词 三首

祭祀屈原

邢上凭空起楚风，新冠素服祭声重。烟浮玉案碧波东。

几拜灵均悲旧事，频登画舸觅遗踪。轻抛角黍着香浓。

诗会偶得

兰棹缓移骚客多，楚装轻着漫吟哦。任它野鸟屡飞过。

声韵高低熏艾草，丝笺红白映清河。一程香气达湘罗。

才艺表演

翰墨行云纸上飞，琴筝弹奏伯牙归。一船才艺尽为奇。

倚案凝眸频醉我，描图留影可裁诗。微风轻抚野莺知。

浣溪沙·戊戌仲夏
再访枣园组词 五首

枣园会馆

翰墨勤挥意未央，水山重绘味犹长。驻眸一刻复思量。

银幕翻移呈丽景，雅声频出说茶乡。幽篁环绕溅流光。

警钟风车

遥看一钟高入云，风车长转涤嚣尘。漫天香气浸秋春。

头顶乌纱须戒欲，手持权柄只为民。直留廉洁醒来人。

青莲桥

苔岸暑风摇碧枝，清河圆绿映红衣。幽香千缕伴蜂飞。

立镜频观明己过，流霞长浸得心怡。扶栏收景著新诗。

【注】立镜：指青莲桥畔矗立一枚直径1·8米的"同心"铭文铜镜，寓意"以铜为镜，可正衣冠；以古为镜，可知兴衰；以人为镜，可明得失"。

可清亭

新井辘轳琼液侵，旧亭相伴听鸣禽。绿苔漫染曲蹊深。

可画可吟谁可乐？清风清水客清心。一盘黑白有知音。

【注】"可画"句：可清亭有"可画可吟可乐，清风清水清心"对联，化用之。

竹林茶隐

修竹轻摇野鹊飞，流光翰墨映朝曦。幽香几缕亦称奇。

皆道先贤曾隐处，却为着意品茶时。至今叠石独相知。

【注】"皆道"句指：清阮元谢绝贺礼，不扰属员，避客竹林茶隐的故事。

浣溪沙·文峰寺
看吴雪松、庞现青书画展

宝殿巍峨接讲堂，青烟环绕逐晨霜。层阶红毯溢流香。

弘一墨痕初见识，慈航画像复呈祥。禅音千缕浸罗裳。

浣溪沙·扬州私家庭园组词 十三首

木香园

古巷一隅春色浓，小桥流水石玲珑。琼亭吟月韵千重。

玉砌轻登添雅趣，先贤长忆起香风。几回寻迹阆园中。

逍遥苑

独上楼台尘俗消，有心裁句伴芭蕉。凉风几缕白头搔。

觅得枇杷须口品，摘来枸杞自香飘。翻书时读任逍遥。

月庐

叠石幽篁曲径边，穿梭瑶阁几重天。浑如画个百花妍。

野鸟轻飞吟古调，盆栽漫赏著新笺。怡心一刻地行仙。

荣园

白鹤水边倩影奇，葡萄墙下果香飞。更涂七彩绣球肥。

伫立庭中听野鹊，凝观池畔觅珍奇。蛮笺轻展著新诗。

栖凤会馆

湖石青藤遮午阳，流淙石壁滴珠长。飘来瑞气趣难忘。

"家"字勤书兴阆苑，玉楼高立得风光。闲观亦沐几回香。

滴翠园

汲石携来一境天，紫泥捏作几重山。和风有意
浸琅玕。

捧得沙壶清趣得，移来砖刻福相连。闲行阆苑
自开颜。

戈湘岚故居

真赏半亭小苑东，幽兰成趣映红笼。飞来一阁
客相逢。

烈马嚣尘谁踏破，丹青遗迹味无穷。凭栏犹得
墨香浓。

【注】"烈马"句：指抗战胜利，内战又起，戈公
义愤难平，飒然挥笔，绘成《烈马扬蹄图》，一马金刚
怒目，扬鬃奋蹄，斗志昂扬。郭沫若看后欣然命笔，题
跋赞曰"风尘踏破谁知己，赋性由来是不羁。独立苍茫
思颇牧，无从长塞试霜蹄。""湘岚先生今之曹霸也。
所画名贵一时，此幅尤见功力，纸上如闻风沙之声。"

悦园

藤蔓攀墙翠色稠，碧池石笋乳泉流。锦鱼吹浪意难休。

小苑玲珑多丽影，伊人腼腆入清眸。梦牵此境一诗留。

余苑

轻铺黄笺翰墨浓，俯观足下鲫鱼逢。分明身在水晶宫。

文竹青颜熏案上，兰花倩影印楼东。樱桃几粒染唇红。

又

漫步长廊香浸衣，凝观瓷画复嗟奇。环园流水自心怡。

双石山亭思故里，一壶琼液醉当时。禅音永驻看云飞。

又

闪烁宝珠溅玉堂，骨雕仙境胜春光。偶观一刻味悠长。

圆缶清姿余韵足，寿山神兽吼声藏。更看一苑巧梳妆。

顾氏园

池碧桥横潜鲤鼋，长廊玉砌复相连。幽香千缕绕楼前。

水岸清风吹绿叶，果蔬竹架倍新鲜。杜康几盏俗尘缘。

又

湖石成山瀑布流，小亭揽胜听莺喉。清池云落弄扁舟。

筑梦小园勤待客，爱心金匾几凝眸。赢来福报莫须愁。

浣溪沙·夹江乐园

芦获连天飞白鸥，长桥曲直接汀洲。茆庐几点趁波浮。

轻扣柴扉黄发至，还烹柳叶淡香流。桃花源里度春秋。

画堂春·扬州私家庭园组词 七首

闲鹤园

小园野鹤自悠闲，百年一树青颜。碧池云落惹人看，影照琅玕。

湖石玲珑通透，凉亭和合为仙。长廊听雨静心田，结个禅缘。

【注】"凉亭"句：听雨亭内有"和合"二仙的砖雕。

祥庐

东来紫气绕琼楼，绿萝漫染墙头。小桥池影韵悠悠，长听莺喉。

泼墨留痕玉壁，凝观犹觉香流。一堂履福且除忧，蕴藉春秋。

【注】一堂履福：园内有"履福堂"匾额。

墨池

老池留迹几回香，亭山频泻流光。雅居修竹味悠长，异草新妆。

仰视名人佳作，轻吟沉醉明堂。置身此境俗尘忘，浑若诗乡。

逸苑

和风曳影绮琴柔，飞来一阁云悠。碧波仙子莫须愁，宜作淹留。

千载水盂聚集，赏珍趣味难休。须知花草溢香酬，此境堪游。

听雨书屋

幽篁叠翠浸琼庭，小山滴水留声。榭边芳草绕池生，蝶乱风轻。

筑屋玻璃为壁，扶窗始得丹青。绿杨新泡淡香盈，一盏神清。

梦溪小筑

幽蹊湖石出新姿，缝间生树为奇。蜡兄庭院满青枝，香著人迷。

茉莉藤萝直上，殷勤点缀斜梯。仰看鸟屋野莺飞，拟沐晨曦。

【注】蜡兄：枇杷别名。

逸庐

薜萝环绕几重门，琼园尽涤浮尘。碧池云坠亦奇珍，风碎银鳞。

独上小楼觅胜，长观异草香闻。凝眸翰墨着情真，醉了游人。

南歌子·个园石景组词 四首

春景

虚竹频滴翠，圆门复藏珍。恰逢石笋破浮尘。些许和风轻拂、悦初春。

明月扶疏影，琼阶个字痕。漏窗尽得百花魂。闲步凝观斯景、用情真。

夏景

叠石山清瘦，观亭鹤倚松。琼池印影几千重。衔接壶天香溢、韵无穷。

拾级寻幽径，凭栏浸竹风。恰如云卷雾翻中。端的名园胜迹、小玲珑。

【注】竹风：指竹间之风，杜甫《远游》诗有"竹风连野色，江沫拥春沙"句。

秋景

　　山隙伸高柏，枫红映曲蹊。嶙峋黄石化神奇。
一阁住秋胜迹、桂香滋。

　　凝露颠峰早，闻莺底谷迟。室幽对弈正当时。
重九轻攀磴道、望云移。

冬景

　　偶识琼园景，还吹雪域风。群狮起卧不相同。
长看神清气爽、小楼东。

　　日照金光烁，云遮素色浓。碎冰一地似寒冬。
穿越漏窗始觉、正春逢。

南歌子·仲冬访阮元家庙

塑像斜阳浸，茶花小苑香。门楼翰墨烁金光。蹊畔绿苔环绕，醴泉藏。

直慕云台德，凝观福字墙。拟寻旧迹读词章。竹影几回摇曳，意绵长。

又

祖德昭芳殿，宗功泽后人。灵台香绕慰忠魂。睦族敦亲承训，当重温。

奉诏三朝阁，为官九省臣。一生廉洁沐皇恩。漫步两厢始识，那时春。

【注】祖德：阮元家庙有"万古流芳昭祖德，千秋垂泽纪宗功"，"睦族敦亲尊祖训，尊贤敬老葆宗风"楹联。"漫步"句，指家庙东西庑展示的阮家历史。

南歌子·大水湾公园晚会

红毯连层砌，霓灯泻玉台。谁弹绿绮韵声来？
扣拍姮娥起舞、醉香腮。

足踏南坡地，肩扛乳臭孩。恍如蚁国入青槐。
直看一翁扶杖、拟诗裁。

南歌子·丁酉岁末参观天宁寺
郑板桥纪念馆组词 四首

少年得趣

古邑环楚水，清波横板桥。飞琼尽裹蜡花梢。
趁得书香门第，几熏陶。

西径摇修竹，东厢听屈骚。少年怡景志云高。
直念江村吹笛，得逍遥。

七品县令

挥墨长留迹，当官不惑年。民情访察结人缘。弊制一朝除去、见青天。

但解灾荒怨，何须紫服牵？以工代赈敢为先。浑若凭空时雨、润心田。

难得糊涂

科举三朝过，乌纱十载离。似曾鸿鹄志难移。争奈仕途暗淡、欲何依？

偏遇糊涂客，还题混沌词。焉如挂印野莺飞。携得诗书画趣、去来归。

【注】"偏遇糊涂客"句：指郑板桥乾隆十六年为糊涂老人写下"聪明难，糊涂难，由聪明转入 糊涂更难"的文字。

携得诗书画趣、去来归：化用"三绝诗书画。一官归去来"句。

板桥道情

目睹人千态，弦弹曲几重。道情轻唱走西东。搜得各行趣味、付金盅。

古庙头陀坐，清溪钓竹逢。樵夫山外倚青松。谁解世间疾苦？问星空。

南歌子·雨后梅园

筛雨经宿去，寒风凋树来。红英湿地点苍苔。流潦幽蹊渐隐、叠香台。

争奈芳衣坠，须知傲雪开。寿阳斯处应生哀。纵是采苹复至、意难猜。

【注】寿阳：指寿阳公主梅花妆事。采苹：江采苹，唐玄宗宠妃之一，号梅妃，后人称之为梅花花神。

鹧鸪天·戊戌元夕宋夹城看灯

初夜冰轮隐玉身，繁灯蓬岛去浮尘。金戣轻弹几回曲，梅蕊时传一岁春。

携俦侣，觅奇珍，偏逢蛱蝶恁殷勤。彩霓相射容颜改，若个韶华长著人。

鹧鸪天·荷花池公园看空竹表演

柳眼初睁拂面来，空筝漫转悦形骸。虬龙翻舞听嗡韵，倩影腾挪绕粉腮。

轻挥手，复移鞋，一竿高举响铃台。青鸾忽地闻声至，携得云霓入我怀。

【注】嗡，响铃，皆为空竹的别称。

鹧鸪天·扬子郊野公园组词 五首

文化驿站

修竹笼阴玉砌长，春樟摇绿倩姿香。曦阳直泻琐窗浸，小屋漂流书肆藏。

听琴韵，读词章，几回棋局斗疆场。池中倒影归来鹤，疑是南郊文曲光。

【注】小屋漂流：指漂流书屋。

儿童乐园

一苑春风香气流，滑梯溢彩傍琼楼。虎狮相伴如瑶阙，车马轻骑若画舟。

钻筒道，按龙头，顽童笑靥意难休。凭栏直看云霞起，兑个中华绮梦酬。

扶柳观鱼

日脚穿云射绿波，鳞光碎影溢春河。住眸犹见游金鲤，戏水还思寻碧螺。

投饵食，看如何，直听唼喋试新歌。红尘欲问谁为乐？怅惘皆除愉悦多。

倩女牧羊

盈目莓花染曲蹊，微风掠过曳青枝。晴空浸岸瑶仙靓，玉手牵羊游客迷。

口须直，草茎肥，轻搔项上尔心知。晓阳初上烟霞里，斯景谁裁堪入诗？

小桥流水

映影溪波碎白云，小桥烟柳笼清晨。遥望汀浦野鹅趣，近听苔堤焦尾珍。

榭观色，鲤吹纹，薰风尽染一园春。红衣几点浮蜂醉，绿叶千枝阆苑新。

鹧鸪天·豪第坊采风组词 四首

碧水轻舟

筛雨方停即泛舟，虹桥趁水瑞光稠。云沉龙殿逍遥去，人在蓬壶惬意留。

縠纹叠，藕香酬，频观锦鲤戏清流。御风化作登仙羽，闲叩船舷醉白头。

【注】丙申五月二十八日，采风豪第坊并泛舟碧水，记之。"御风"句：化用苏东坡《前赤壁》"浩浩乎如冯虚御风，而不知其所止；飘飘乎如遗世独立，羽化而登仙"句。

玲珑小苑

小苑榴香水映红，丛竹滴翠燕相逢。巧镶玉璧四君子，长沐花台几缕风。

人优雅，阁玲珑，拾阶始识墨痕丰。隔窗犹见龙鱼动，尽得蓬壶天一重。

水岸长廊

阆苑熙风摇碧枝，长廊朱榭接清溪。凭栏偶看桥留影，临水方知莲作奇。

田垄乐，菜蔬肥，悠闲得趣沐朝晖。人生何必多惆怅，归隐桃园心自迷。

诗画庭院

曲径环园一阁香，小山叠石泄流光。清波苔岸碎云影，水榭欢声绕玉廊。

依朱案，透明窗，何时飞鹊着梅墙？熙风吹得花千树，伫立兰庭思絮长。

杏花天·戊戌初春平山诗社梅花岭采风分韵得"发"

琼园雨洗榆梅洁，轻凝露、幽香熏彻。朱廊碑刻看不厌，仙冢长埋忠骨。

缋堂里、正冠待发，清池畔、茶花滴血。史公邢上留大节，一颗丹心焉灭？

唐多令·初游花都汇组词 三首

看滑梯彩虹

瑶阕彩虹连，绿毡香气旋。看一舟、直下青山。载个金童传帝语，化白鹤，入兰轩。

睹景笑开颜，登梯趣味牵。趁和风、翻作华年。俗事皆忘人自乐，浑若是，地行仙。

探篷内茅庐

遮得几回光，揽来千缕香。一篷中、茅屋深藏。
闲步幽蹊寻胜迹，抬望眼，见农庄。

修竹绕南厢，烟花浸北窗。石潭清、滴水声长。
端的嚣尘皆去也，方外地，即瑶乡。

观种花有得

拾级上平山，倚栏望阆园。草丛青、蛱蝶寻欢。
纤指移来云几朵，凝凤目，悦春颜。

初看土新翻，再看花竞妍。足生香、柯烂仙缘。
涤去尘埃心地净，居方丈，听莺喧。

唐多令·戊戌初夏九峰园见莲蕊偶感

白鹭戏河风，片云绕榭东。独凭栏、寻胜菰蓬。青盖难遮初蕊色，偏趁个、绿千重。

欲别水龙宫，还涂几点红。沐夕阳、待放园中。舒展清姿如酿酒，须时日、味无穷。

唐多令·看园博园主展馆有记

秀色半虚空，明宫见卧龙。叠石奇、斜出青松。千里楼台移水幕，飞白鹭、摄群峰。

玉案识神功，匠心凝漆瞳。莫言秋、独著春风。倏忽临波仙子降，弹纤指、听流淙。

唐多令·初游园博园

湖石映流光，朱阁沐晓阳。岸苔青、桂子输香。
一叶扁舟云路破，雪莲出、塔相望。

缓步润州旁，住眸无锡廊。访金陵、宝黛情长。
更得维扬多趣味，红点缀、绿梳妆。

唐多令·杏园

湖畔筑朱廊，苔蹊泻绿光。况杏园、石倚幽篁。
玉砌轻登连静室，转圆案、溢肴香。

嫣色浸罗装，琉璃铸酒觞。觉新人、笑靥犹藏。
席罢遥看天水一，蝶飞乱、鹜成双。

唐多令·看仁丰里百年砖雕门楼偶得

　　轻去旧尘封，仰看精刻功。者花仙、尽入图中。
犹见飞檐三叠趣，思往事、觅由衷。

　　老宅出名公，高门展瑞鸿。隐真身、只为重逢。
趁得曦阳熏古巷，闻香气、悦东风。

唐多令·乙未初夏影园偶遇

　　风惠老槐香，蒲繁摇碧妆。鹭点波，锦鲤深藏。
兰棹浮青书画意，云沉水，阁涂黄。

　　何处绿琴扬，惹吾驻足长。绕蹊寻，始识檀郎。
元是谢娘离别后，久未面，自彷徨。

　　【注】影园：扬州清代私家花园，现存遗迹于荷花
池公园内。

唐多令·片石山房

磴道映清溪，朱廊飞玉枝。印迹留，遒字生辉。
帘竹半遮陈墨趣，一庭物，腹中诗。

莫忘老菩提，方明此境奇。叠石山，瑶阙轻移。
独运匠心翻作画，今而古，惹人迷。

【注】片石山房：扬州何园一景，系清代画家石涛
和尚叠石而成。

唐多令·雨过九峰园

露泻柳条梳，风摇圆绿珠。起碧波，又见飞凫。
苔岸杜鹃红似火，焉敌过，雨频涂。

花落水流疏，亭高云幕孤。更住眸，狼藉花蒲。
堪叹春光难久驻，昨时艳，此时无。

唐多令·板桥道情文化园

蒲翠漫湖滨，柳光熏暮云。板桥边，道尽情真。
垂钓清波翁自乐，挥竿处，趣几分。

竹简墨痕珍，茅亭挚意存。小苑前，心系佳人。
欲思嫁衣黄榜日，且看尔，跳龙门。

【注】"垂钓"句：指板桥《道情十首》诗中有专门写老渔翁诗。下片写：雍正十三年，板桥信步漫游到扬州郊外傍花村，看到饶家贴满了他的《道情十首》，经询问，是这家五姑娘对他有意，于是写下《西江月》送她，并在第二年板桥中进士后完婚。

唐多令·泛舟瘦西湖

碧露泻溪湾，金光浮画轩。起縠纹，搅碎琼田。
为揽流光舒雅趣，凭酒兴，驾兰船。

十里水山连，几回云锦旋。望苔堤，青柳弹弦。
拟抱芙蓉熏玉枕，香阁苑，且听蝉。

唐多令·宋夹城

城阙立流河，旌旗映翠荷。碧帘摇，四处莺歌。
秦镜相连飞野鹜，青山远，锦云多。
闲步古阶坡，频观绿水波。笛声传，柳杪婆娑。
苔岸清风天籁听，草亭里，几姮娥。

唐多令·独步万花园

曲径几飞花，驿亭正抹霞。瀑声重，乱织琼纱。
谢罢李桃肥绿叶，睹斯景，意难赊。
扶案独烹茶，凭栏偶听蛙。近黄昏，又见浮槎。
长思三春流水去，惟留下，柳丝斜。

唐多令·凤凰岛

芦叶泻波青，苔堤熏日明。栈道弯，水埠天成。
白鹭往来栖绿柳，几回首，稚禽鸣。

篱竹绕红英，廊桥接草亭。掬翠光，子午香盈。
欲仿陶翁归隐趣，勤种菊，抒诗情。

唐多令·西园曲水

叠石趣长留，筑园韵正稠。起涟漪，一路芳舟。
波碎红桥飞柳杪，频见个，觅鱼鸥。

睹景赋诗酬，挥毫未笔休。墨飞龙，几度凝眸。
沉思流光东逝水，莫虚度，这春秋。

唐多令·甲午春游蜀岗

岭绿正春酣，风清偶味甘。柳烟生，燕又呢喃。
桃李竞开蹊馥郁，红凝露，湿衣衫。

缓步驿亭南，长思锦字缄。逝流光，鬓发霜添。
回首卅年东去水，云方暮，学瞿昙。

【注】瞿昙：释迦摩尼姓瞿昙，这里指佛教。

唐多令·个园看魏殿松先生书法展

秋榭木樨香，朱檐横幅长。墨飞龙、留迹雕墙。
馆阁遗风今又见，浑似个、故宫藏。

治印古行装，谋篇味显彰。且看他、硕果芬芳。
须趁魏公才气溢，随曲水、醉流觞。

唐多令·戊戌岁末仁丰里 三首

印象仁丰里小型博物馆

屋小泛霓光，水清染旧墙。老巷图、尽显朱窗。
携得青花瓷片片，若银宝、匿东厢。

温玉看狮双，寒碑勒短长。住漆瞳、古物新藏。
筑馆殷勤痕迹在，思往昔、向曦阳。

邮爱驿站

千里系佳缘，相思片纸间。巧手挥、花蕊缠绵。
几串玉珠流异彩，莫相问、梦谁牵

墨迹淡香溅，竹雕禅韵旋。者琵琶、何日弹弦？
寄得爱心多趣味，织金帕，筑华轩。

奕间工坊

雕版案台逢，青山翰墨重。玉印殊、巧得天工。书法几回流水意，多凝目、悟虚空。

香气浸堂中，蜡花飘槛东。趁云光、绿叶千丛。偏是维扬今夕雪，小窗外、打头风。

太常引·庚子初春
再看仁丰里奕间工坊

凤鸣金屋画笺藏，春意着椒墙。鹤寿墨生香，得松刻、南山梦乡。

条台一角，煤灯拂面，犹见旧时光。移步味悠长，况书案、梅花点妆。

蝶恋花·闲步渌洋湖水上森林偶得

　　一片云杉频入眼，嫩叶初青，汲取春光晚。干接凌霄如梦幻，根通水府寻龙殿。

　　千米栈桥休道短，曲直穿梭，始达清溪岸。偏遇红英勤着面，飘然坠落谁思念？

蝶恋花·戊戌春重游玉龙苑

　　曲直朱栏环碧树，叠石长廊，即是挥毫处。风籍琅玕浮蝶舞，云沉溪水桃花雨。

　　争奈重来思若絮，笑语难闻，惟得联千副。归燕不随耆宿去，紫藤依旧香如故。

　　【注】重游玉龙苑，听说此园已被征用，园主搬迁别处，偶感记之。

蝶恋花·戊戌秋闲步小秦淮偶得

幽径闲行槐叶坠，人面勤敷，时听鸣蜩细。择个小亭人倦倚，紫薇花老秋风起。

俯视莲台相映水，只是红衰，何处芳魂系？几缕游丝飘不已，片云掳去谁堪寄？

踏莎行·庚子暮春影园

柳絮浮空，桃花飞雨，东风欲嫁成春暮。只看燕子几穿梭，虹桥沉水浑如故。

三影何寻，一仙长住，草堂旧迹青苔路。暑寒四百等闲过，当年绮梦留斯处。

踏莎行·戊戌初雪九峰园

曲径铺银，红桥叠絮，漫听野鹊穿梭语。一程金蜡傲寒开，流香赢得人相顾。

九石摩云，千波浸浦，琅玕尽惹飞琼妒。争知霜鬓正凭栏，掬来雪霁诗囊去。

踏莎行·揽景柳叶桥

偶踏虹桥，闲观胜景，春滋两岸梅花影。熏风染树嫩黄生，画舟破碧浮云醒。

一缕幽香，几回舴艋，何人凭槛离骚兴？直看钓竹水边横，住眸鱼饵开心境。

踏莎行·古运河初冬

老柳悬黄，水光沉影，凭空云片浮青镜。偏逢钓竹岸边横，还看野鲤垂丝醒。

落木铺金，栖鸠噪冷，轻寒几缕侵衣领。何来一树李花开？淡香拂面遗春景。

踏莎行·初冬独步宋夹城

栈道风寒，清湖水碧，汀洲几点浮鸥白。偶观鱼动縠纹生，便逢云坠无从觅。

独步苔蹊，轻登舟楫，询它枯箬何须急。争知摇穗且无言，惟留疏影同朝夕。

踏莎行·丁酉冬看红园
古玩花鸟市场有记

溪水流波，罗篷遮日，百灵长噪吾身侧。千回金鲤尾轻摇，几重老玉铺陈密。

名聚多年，市休一夕，焉思人气须珍惜。货郎从此北南分，繁花惟有春痕迹。

踏莎行·己亥古运河寻灯船不遇

绿柳条飞，清河浪急，长蹊尽是凭栏客。皆云邗上过灯船，争知无处青瞳识。

玉凤弹琴，萧郎吹笛，高歌一曲桥边出。未观浮棹又何妨，天音几缕随今夕。

踏莎行·雨中荷池

雨洗亭朱，风摇荷绿，柳帘频起垂珠速。縠纹千点碎浮云，游鱼几度清波浴。

初霁牵衣，残香湿足，长观流水飘英续。休嗟时序去无回，须知经岁花盈目。

踏莎行·盛夏西园独步

映水红莲，连天绿叶，蜻蜓乱舞金乌烈。蚱蝉高树噪难停，玉台翠鬓焦琴歇。

春蕊痕留，芒鞋草没，直观溪石流光泄。拟搜斯景入诗囊，管他衣湿无人说。

踏莎行·影园梅雨

翠竹凝珠，苔堤湿草，石蹊直曲看流潦。红桥浮水起涟漪，小亭凭槛莺声少。

露减莲香，寒休蝉噪，浑如秋气随风绕。飞来落叶自携凉，心思尽在曦阳照。

渔家傲·九卿山庄组词 四首

渔翁垂钓

叠石磨云颜色老，幽蹊织毯穿金轿。帘卷暑风疏影少，闻野鸟，山顶掠过寻青杪。

遥望南坡无碧草，谁遮斗笠祥光绕？长竹远伸溪水好，须问道，莫非姜尚王侯钓？

荷塘偶观

夕照熏霞冰魄隐，琼池圆绿蝶蜂近。几朵莲花频着粉，梅风润，一塘水碧清香呦。

九曲浮桥吾意引，凭栏犹得瑶台韵。遮莫影沉金鲤遁，縠纹尽，无端菱镜添霜鬓。

山庄茅屋

幽径闲行观小筑，临溪独占光千束。轻曳绿裙花馥郁，侵云足，青篱斜倚听琴曲。

借得蓬壶桃杏熟，一枚入腹除凡俗。居此一时如蚁国，流香沐，始知五柳南山福。

渔樵竹饮

巧搭竹楼香盈案，九珍奇味皆尝遍。佳醴千盅焦尾伴，红颜面，若个少年胭脂溅。

同道相逢心缱绻，灵犀一点焉生怨？纵是羁途愁未遣，却听见，门前绿树黄鹂啭。

渔家傲·大水湾公园

天坠翠园春水畔，人行长毯晚霞漫。轻荡秋千嫌链短，身如燕，稚童笑语随风转。

白羽飞来挥拍赶，几回交接单衣汗。舞动腰肢步履健，琼花伴，小亭还听笙歌遍。

渔家傲·游园偶得

香绕芜城过燕影，小溪叠翠点红杏。扶杖闲行寻胜境，蜂惊醒，醉入花丛思幽静。

一路吟哦风雅兴，惹来鸥鹭浮云听。遥望玉妃春心省，追时令，牡丹笑靥争辉映。

南乡子·丁酉岁末大雪
看荷花池荷仙雕塑有得

絮裹老槐枝，干雨纷飞浸裕衣。谁铺素毡迎贵客？香随，元是荷仙御蝶归。

焉惧冷风吹？直为来年地气滋。此刻冻云终得解，须知，绿叶金莲应有时。

南乡子·丁酉岁末雪后
游三湾公园组词 四首

足下玉尘低，惟听沙沙绕耳垂。回首印痕连驿榭，参差，浑若人生轨迹遗。

抬眼望东曦，缕缕浮云织锦衣。忽地水中流异彩，神怡，似个蓬壶尽作奇。

又

尔汝素衣妆，遮隐层阶择路长。扶树几回登顶去，微凉，银阁寒波眼底藏。

倏忽韵铿锵，恰是姮娥弄笛忙。更有犬声追我至，休慌，戌岁将临送吉祥。

又

剪影映清流，红白相成意未休。何物傍风雕碧镜，飞鸥，寻食凭空掠埠头。

乘兴御兰舟，绕个三湾雪景收。莫道此时皆肃杀，香稠，蜡蕊千株入我眸。

又

昨夜玉妃逢，装点书房韵几重。银毯漫铺层砌接，香风，梅萼轻摇白絮中。

闲至小楼东，复叩朱门未许通。似见琐窗多学子，凝瞳，直念诗笺不念翁。

南乡子·丁酉仲夏
闲步蜀冈生态公园偶得

隐去春花，直看青红挂碧丫。夜露成珠频润色，横斜，曲径流莺噪绿纱。

偶见人家，草屋朦胧翠叶遮。长扣竹扉西子出，斟茶，香雾轻浮意已奢。

【注】青红：指果树上悬挂的青、红果实。

南乡子·过扬子津

一路霓光，射得苔堤柳眼张。玉砌轻登观碧水，波长，远看兰舟系老桩。

耸立牌坊，篆字犹生翰墨香。初识广陵扬子渡，焉忘，听个焦琴入帝乡。

南乡子·己亥初夏游仪征天乐湖

绿水绕扁舟，罗帕沉波织女羞。金鲤浅深寻觅去，难留，些许涟漪一目收。

高树噪斑鸠，白絮轻飞似未休。忽听老翁哼小曲，无忧，尽把时光付钓钩。

南乡子·仪征天乐湖嬉乐谷

瑞气出葱茏，翻作天轮一路逢。穿破叠云何处去，乘风，思上凌霄化个龙。

倏忽看神功，直下青山画彩虹。更有举枪三发弹，耆翁，也学温侯箭不空。

南乡子·青风书画院看庞现青速写

墨笔轻挥，直看山河一纸归。鲤鲫潜来浑不觉，风吹，几许涟漪指下飞。

莫要猜疑，印点龙睛亦作奇。非是叶公招雨至，红霓，漫浸罗衣竟未知。

南乡子·丁酉三湾秋色 四首

水榭观鹭

晚照映三湾，瑶阕胭脂抹几番。轻御野风空掠水，微澜，双影相逢复转翻。

黄发直凭栏，梦入玄都注目看。便湿袷衣沾瑞气，留缘，若个垂髫笑靥连。

夕照剪影桥

剪纸化悬梁，横跨清河映夕阳。赢得晚霞敷面色，深黄，鸿雁飞过亦淡妆。

凭柳向西望，倒影轻摇网格长。恰似水天生两日，重光，浸透琅玕胜帝乡。

登尔汝亭

玉砌接兰亭，檐角云移碧宇明。依槛俯观河练长，颜青，群鹭翻飞点水醒。

何处笑言盈？若个天都倩女声。觅得那人扶叠石，婷婷，坠入凡尘燕子轻。

水云忘机

溢彩水连云，些许香风染俗尘。群鹭掠飞凝目看，留纹，轻点青罗吻个痕。

焦尾复相闻，几缕朱亭曲韵珍。驻足有谁听欲醉？逡巡，却是琴声挚意人。

南乡子·闲行邵伯古堤偶得

老柳新枝，漫浸甘棠十里堤。直视幽蹊连古水，高低，邵埭清流亦作奇。

竹榭斜依，几许残梅似蝶飞。休惜暗香今夕隐，须知，过后烟花正当时。

南乡子·宋城偶观金猴献瑞

古邑梅丰，五色祥云水榭东。亮眼金箍平地舞，生风，锦羽频舒大圣功。

绿鬟重重，直据琼阶着意浓。凝视一番腾跃技，欣逢，天教神猿悦耄翁。

江城子·永祥丰酱园

老街颓废屋歪斜，旧人家，隐韶华。琐牖一空，风雨罢帘遮。勒石墨痕追往事，曾得意，若飞霞。

晚清年代酱园嘉，永丰花，众言夸。前店品香，后宅笼轻纱。嗟叹昔时流水去，惟留个，味难赊。

江城子·初冬至准提寺偶得

藤萝心住老楼栏，浴流丹，沐轻寒。银杏摩云，金甲几飞翻。大智圆融迎客至，三公石，立何边？菩提欲问旧莲坛，有谁言？听莺喧。闲步层阶，偶识画书轩。隔案犹闻香墨迹，衣袖浸，似生缘。

【注】三公石：传清阮元在二郎庙菜地得三公石移至此处。大智圆融：指"大智圆融"横匾。

江城子·赏文联小苑银杏

层阶闲踏至文园，旧廊延，碧池连。千载公孙，金甲二郎穿。倚树浑如魔氏伞，偏执意，隐青天。寒风吹得蝶飞翻，坠朱栏，傍琼轩。水底淹留，云影复阑珊。一叟还收斯景去，茶漫品，调轻填。

【注】二郎：二郎显圣真君。魔氏伞：魔礼红混元伞。

江城子·影园怀古

偶行小苑叶飞黄，向斜阳，蜕罗裳。过眼遗痕，残壁点苔苍。闻得斑鸠勤噪树，生思绪，伴流觞。

郑公有意筑仙乡，立朱廊，种群芳。无奈雨风，几度毁琼堂。三影如今何处觅？莲池畔，志文长。

【注】郑公：明末进士、文学家、影园园主郑元勋。三影：因此园在柳影、水影、山影之间，明书画家董其昌题名为"影园"。志文：指郑元勋的《影园自记》。

虞美人 忆童年

小桥流水涂苔绿，野鹜鸣声续。凭栏远视彩云连，穿越时空碎梦、忆童年。

邻家屋后迷藏躲，竹板桃园过。纸传题解费猜详，此刻还思往事、旧同窗。

【注】竹板桃园过：童年捉迷藏，躲进桃园，曾用木槌敲竹板，表示已经躲好。

虞美人·丁酉初夏躲雨个园宜雨轩偶得

凉风几缕轻摇竹，雨洗琉璃屋。凭窗便得一壶天，似觉四时景色、绕身前。

茶香袅袅舒心渐，净我凡尘念。更听西子道黄筠，始识匠心独运、著情真。

【注】黄筠：原个园主人。

虞美人·雨中个园

一蓑筛雨侵蹊绿，风拽琼园竹。碎珠飘瓦溅罗衣，驻足聆听解说、惹人迷。

高亭滴露迎归鹤，道是曾相约。俯观池影几回移，谁倒千壶玉粒、起清漪？

虞美人·九峰园杨花

暮春携得群芳去，素雪当空舞。分明拟向九霄行，却又翻飞尘土、作浮萍。

偶思旧岁观斯景，嗟叹扶摇影。欲询杨絮所何归，似觉溪头小树、曳新枝。

虞美人·春雪大明寺

千阶珠粉通名刹，高塔时云没。飞琼堆絮竹弯腰，滴翠浸衣留迹、似春醪。

禅声直绕青天外，招得东君解。老枝银裹暗香来，犹看野莺穿过、自蓬莱。

虞美人·戊戌初春踏雪古运河畔

初春偏遇周天雪，寒气难言别。银装楼阁水中摇，莫是浣纱河畔、任她飘。

梅枝粉饰梨花白，难隐香红魄。一程闲步足痕连，疑似人生轨迹、印其间。

虞美人·蜀冈寻春偶得

南坡玉砌连茅屋，溪畔摇修竹。篱边黄蜡坠残英，难忘当时品格、自神清。

飞琼裹挟严冬去，直看青颜住。访春随意醉红梅，野鹊几回绕树、不思归。

虞美人·己亥玲珑花界赏芍药

薰风千缕青枝曳，紫衣金围系。清姿倒影碧波香，龙殿一时静谧、欲收藏。

知它欲止残春步，可惜心空付。纵然妖艳阆园新，也是几天灿烂、坠浮尘。

虞美人·静香书屋偶得

曲蹊草绿桃花白，垂柳珠帘织。小池倒影锦鳞长，水榭明台相映、泻流光。

明堂案几砚依旧，何处寻金叟？直观玉壁暗香盈，几缕墨痕馥郁、绕琼庭。

【注】静香书屋系金农书屋。金叟，扬州八怪之一金农。

留春令·九峰园看落花

暮春天气，曲蹊流潦，玉英飞坠。水榭扶栏望湖波，叠浮雪、揉新翠。

阆苑曾经槐香里，对蝶蜂相戏。琪树难遮落花风，直观得、斯颜碎。

【注】流潦：指雨后路面积水。

武陵春·湾头

些小春同寒竹翠，楼拥玉香盈。壁虎桥边小棹横，碧水戏凫鸣。

禅寺颓痕碑刻隐，犹问旧时名。老巷窥天一样青，人在画中行。

武陵春·七里河公园赏梅

小径蜿蜒连曲水，有意觅春芳。偶得南坡梅作妆，着色绿红黄。

昨夜天都飘玉露，犹觉得珠光。始悟琼英醉寿阳，只是入仙乡。

离亭宴·再题玉龙花苑

蹊曲桥弯清雅，流光竹颜相射。卷石洞天芭蕉翠，舫榭红珠高挂。墨迹刻飞龙，雨筛拟飘青瓦。

闲步小亭檐下，偶闻绮琴音泻。欲问何人传天籁，恰是文姬弦马。莫叹尽西风，西风泼颜如画。

看花回·己亥初春荷花池公园

水岸清新柳眼开，鱼影相偕。倚栏方识东风面，着嫩黄、得个悠哉。茶花红若火，点缀层阶。

更听银筝入耳来，袖舞朱台。独怜梅蕊幽香处，任凋零、尽隐旧骸。纵然春景好，焉悦襟怀？

看花回·七里河公园初春夜色

几缕春风阆苑吹，霜发翻飞。石桥轻倚看更夜，起縠纹、焕彩清溪。水楼相映衬，堪作神奇。

万点流光浸裕衣，蝶梦忘机。仰望瑶阙遮乌幕，匿群星、碧露复滋。似闻天籁韵，频惹人迷。

看花回·己亥仲春瘦西湖

　　两岸和风嫩柳黄，吹皱流光。李花初放蜂飞乱，直引来、次第芬芳。一程梅点缀，漫浸棉裳。

　　玉板桥头小棹藏，酿个春觞。画栏轻倚清眸看，涤愁心、若坠梦乡。更忘人渐去，倏忽斜阳。

行香子·九峰园夏夜

　　冰魄高悬，竹榭环香，更听弦管韵声长。青眸翠鬓，罗袜荷塘，向晚间风，花中露，阁前光。

　　闲搜夜景，轻飞思绪，此园依旧胜仙乡。平添黄发，再沐银霜，且忘时序，怡情志，觅诗章。

秋蕊香·水岸赏秋槿

琼苑绿枝相衬，红蕊清姿堪认。凝眸一刻幽香引，似觉瞬间滋润。

移来几朵何须问，驱烦闷。曾闻太白留佳韵，称道瑶阶秋槿。

【注】"犹闻"句，指李白《咏槿》诗有"犹不如槿花，婵娟玉阶侧"句，化用之。

山花子·丁酉中秋李典采风 三首

李典镇度重阳

古镇清风净俗尘，重阳有聚着情真。绿蚁流香盈玉盏，醉骚人。

刹那九珍琼案转，须臾夫子曲声淳。帘卷犹看江水碧，坠浮云。

田桥村观感

　　原野西风掠稻黄，绿烟楼郭浸秋香。锦绣前程勤绘制，立长廊。

　　频遇村民多好客，偶逢溪水泻流光。更看康园生态著，若仙乡。

沿江村有记

　　风景如诗入画墙，老翁凭树钓丝长。惊得浮波鹅曲项，韵声扬。

　　田垄色红甜薯浸，水边花白荻芦妆。几度兰船翻雪浪，欲前航。

山花子·头桥采风 三首

九圣村淦园残荷

偶看淦园翠叶残，便知炎夏数枝莲。夕照小亭熏绯色，惹人怜。

遮莫虹桥浮水悦，偏同野蝶忆花妍。芳迹引吾思旧事，听莺喧。

田头揽景

一路金波一路香，铁牛漫走意飞扬。观得印痕添乐趣，谷归仓。

长立田头留倩影，遥看云岫过秋江。谁化青鸾通玉帝，说康庄？

头桥广场

溪水长流映夕阳，崇贤亭上醉秋香。雕石成型说名士，几回肠。

旧事悠然云翳去，新风遍染阆园妆。惹得姮娥鱼贯至，舞霓裳。

一丛花·闲步小秦淮

闲行幽径柳花飘，藤蔓上颓桥，斜阳画棹浮春水，若野凫、几度逍遥。秦淮旧迹，清香千缕，频见燕归巢。

更闻竹榭弄琴箫，曲韵绕云高。霓裳轻着秋娘舞，绿丝绾、靥似绯桃。伫立凝眸，痴迷斯景，浑若梦魂消。

一剪梅·画舫小住

暑去新秋归燕忙，苔石青藤，溪水流光。闲登水榭藕花繁，掬露烹茶，揽翠熏裳。

莫羡陶公桃苑香，若步斯地，再著文章。楼台明润更飞霞，堪醉芳心，几度思长。

南乡一剪梅·再题园中园

清水映琼楼，锦鲤吹波瑞气稠。翠竹梅花光影曳，朝亦香流，暮亦香流。

犹羡善缘修，鹤绕成型福字留。惹得耆翁铺画纸，春在溪头，秋在溪头。

孤馆深沉·乙未春至石壁流淙

流淙石壁串珠飞，烟玉漱清奇。恰雨后芙蓉，霁霭若纱，相映林曦。

看不尽、帝乡珍异，渐雾缈芳池。趁风起，水弹丝韵，几番还湿春衣。

扫地游·西园桂风

季商阆苑，正卷石垂条，阴蜑新谱。笼烟别墅，对苔堤叠翠，碎金丛树。乍聚清风，拟送香波盈路，醉飞羽。任琼枝拂衣，木樨芳著。

凭栏思几许，想寒殿吴君，似曾挥斧。花离玉宇，更坠落尘泥，系根凡圃。素萼仙姿，天教梅羞菊妒。迷秋暮，摘轻黄，欲藏何处？

【注】梅羞菊妒：李清照《鹧鸪天》词有"梅定妒、菊应羞，画栏开处冠中秋"句。

八声甘州·宋夹城观芦花

望浮云连水小桥横，垂穗织初冬。又西风顿起，高低落絮，残照飞红。汀渚传声野鹜，病荻隐流淙。凭岸观萧瑟，思绪千重。

长忆春来翠发，渐秋光着色，倩影从容。惜悄然身倦，一霎化枯蓬。鹤衣退、韶华安在？况如今、屡伐去无踪。凝眸处，几根钓竹，三两蓑翁。

八声甘州·扬州赞

向春风催绿百花妍，阖境尽流香。况园林星布，运河桥映，画舸龙骧。邗上文明堪赞，悦个好人帮。居此和谐地，恍若仙乡。

须记夫差城筑，已两千余载，几度隆昌。念铸钱兴汉，繁盛数清唐。看今朝、传承国粹，展宏图、业绩正飞扬。新时代、漫弹一曲，韵味悠长。

八声甘州·春游瘦西湖

又长堤风柳织春烟，雍雍鹭于飞。看夭桃秾李，石桥相映，脉脉林曦。锦鲤流金曳影，相与戏朝晖。闲棹漫闻笛，湖左云西。

九色经年依旧，对铅华万古，余韵珍奇。纵骚人逸兴，何以赋新诗。念蜀山、清波远去，惜光阴、逝者尽如斯。叹青镜，江郎易老，鬓白千丝。

金菊对芙蓉·再题阮元故居

蹊曲云高，庭深竹翠，古墙陈福生辉。正熙风涂色，独井称稀。德星堂内飞雏燕，翰墨间、几度联诗。朝官三帝，疆臣九省，清史名垂。

应知阁老当时，念惠民勤政，力御蛮夷。更校书遗补，尊汉藏隋。而今池水浮云锦，汝去也、谁续传奇？阆园馥郁，苔阶琼柱，往事难追。

梅子黄时雨·雨洗荷花池

筛雨凝珠，向幽径柳飞，苔石熏岸。况野鹜穿莲，绿繁香散。颓壁榴边寻胜迹，板桥草里愁时晚。嗟陈苑，水榭旧巢，犹说新燕。

思乱，层云移转。便秋娘起舞，无奈听管。更碧镜浮姿，眉长丝短。焉道春光催客老，且知桃李经年见。凉风急，踏波玉舟行远。

花心动·闲步长堤春柳

柳眼惺忪，蕙风青、春醒驿亭微雨。霁彩平桥，锦鲤澄波，斜映画船归鹭。绿琴声起千花里，漫回首、余音何处？遍寻觅，佳人胜迹，莫如烟去。

记得韶光芳驻，长执手、轻歌一程心路。恨晚相逢，何不同游，依约武陵桃渡。悄然姹紫江南岸，流光又、翻成私语。听水畔、至今暗香缕缕。

花犯·初春平山堂

蜀冈寒，仙人遗馆，初春绿衣早。倚栏凭眺，叹雾隐金焦，一带飘渺。三千瘦水扁舟小、堤梅输俊俏。最可看、宋明余绪，生生青未了。

宗风六一驭飞龙，文章两太守，沧桑留考。思永叔，怀和仲、酒阑诗饱。寻今昔、赏联胜迹，感往事，江郎沉醉道：谅佛子、禅音长在，何言无梦好！

【注】仙人遗馆：平山堂有仙人旧馆门匾。金焦：镇江的金山和焦山。瘦水：瘦西湖。"宗风"句：平山堂欧阳祠有"六一宗风"匾。"思永叔"句：欧阳修《朝中措·平山堂》词有："行乐直须年少，尊前看取衰翁"句。无梦：东坡《西江月·平山堂》有"休言万事转头空，未转头时皆梦"句。

飞雪满群山·访史可法纪念馆兼吊史公祠

火棘披红，燃花疏影，龙潜无殢初阳。史祠高仁，英雄危坐，尽是卫国情殇。战云浮古邑，绝命意、言辞激昂。此头堪断，宏义何须，千载共留芳。

凭碧冢、灵台攒馥郁；复读精忠事，几度成伤。园遗胜迹，堂悬玉匾，御书铁卷称扬。一望寒岭处，癯仙曳、朱亭漫香。微烟掠过，琼溪叠石湘竹长。

水龙吟·仲夏游宋夹城有寄

一程柳影遮长道，绯毯直连苔岸。栈桥乘碧，荻芦摇翠，野凫潜远。风染芙蓉，鱼吹青浪，蚱蝉声漫。乍浅闻金缕，七弦音处，清香起、秋娘见。

惹得韶华重现，思霓裳、莺歌溪畔。似曾相识，盈盈笑语，春心缱绻。卅载指弹，人生如梦，暑寒移换。更遥观夕照，浮霞千叠，有归巢燕。

水龙吟·望神居山有得

　　拾阶缓步雷音寺，转道峭岩遥望。瞾湖敛雾，荻芦环岛，光浮水漾。直见飞凫，勤追游鲤，频掀细浪。且淡香漫溢，屡牵霜鬓，似知我、神居访。

　　斯景惹吾联想，念尧皇、草蓬为帐。德行天下，民时敬授，柄权禅让。更思后朝，紫袍乌帽，几人相傍？独今逢盛世，中华圆梦，听声声唱。

　　【注】神居山：高邮神居山，传说是尧帝的出生地。民时敬授：据传，尧帝曾命令羲氏、和氏根据日月星辰的运行情况制定历法，然后颁布天下，使农业生产有所依循，叫"敬授民时"。

水龙吟·酣春瘦西湖

游人如织东风漾，一水浮云沉醉。小桥倒影，快门存照，虚光旖旎。更望鸬鹚，捕鱼生趣，潜波酿醴。况千缕流香，漫熏阆苑，蜂栖蕊、尝新味。

倏忽弱冠些事，若杨花、离枝飞起。溪头寻柳，手编圈绿，发侵清气。时序频移，晴明依旧，鬓丝霜矣。又笼烟翠色，啼莺隔叶，悦三春意。

八声甘州·游影园偶得

望曲蹊归燕绕琼亭，满目柳笼烟。渐溪头风起，梨花轻坠，紫述香妍。雁齿红桥沉影，云翳几翻旋。朱榭漫观色，飞絮缠绵。

恍若青春又至，镇流光幻彩，俦侣莺言。奈韶华过矣，搔首白丝连。莫唏嘘、凭栏空念，当依窗、举盏醉尘缘。念陶亮，东篱种菊，情系桃源。

【注】影园：扬州清代名园之一，遗迹与荷花池公园相连。紫述：郁金香的别称。

玲珑四犯·游万花园偶得

　　晚照流霞，向竹榭熏红，桃李增色。瀑布跳珠，频织水帘烟帛。扶杖叠石登临，悄趁得、霭飞寒袭。问凌波罗伞谁执，恰是谢娘遮湿。

　　又思昨日曦阳出，碧溪头，粉黛婷立。汉家靓服蛮腰舞，云步连弦拍。此刻翠鬟何处？料应是、玄都金宅。只著颜春苑，香醉客，朝和夕。

　　【注】"汉家"句指 2016 年 4 月 8 日万花园举办汉服走秀活动。

芰荷香·过熙台

　　雨初停，正苔堤敛雾，曲径清明。縠纹摇翠，野莺一度呼晴。精阳菡萏，并蒂开，馥郁琼庭。扶栏欲探仙英，罗纱粉着，扑面香盈。

　　俯首凝观水中影，有银霜染鬓，些许生惊。玉姬依旧，几番浮蝶相迎。唏嘘时序，尽催人，身倦芜城。何如独倚朱亭，千盅绿蚁，醉个三更。

楚宫春慢·菲尔庄园游记

斜阳曲径，正梅坠尘泥，风染红杏。瀑布织帘，妆照西城瑶境。锦鲤吹波放纵，恰惹得、沉云初醒。小坐明堂，芳气袅、凭案寻奇，玉瓯还泡清茗。

焦琴绕耳，凝望处、皆是姮娥歌咏。轻启绛唇，神韵飞梁香永。拟问欢愉底事，见说道、骚人雅兴。意趣难休，似南坡、草绿绵长，悄趁三春光景。

看花回·古渡夜色

古埠清风，轻摇绛梅香续。夕阳西沉月隐，正高挂纱笼，虹霓盈目。縠纹碎影，花桨催舟频破绿。金缕起、漫绕长廊，翠鬟旋转付雅曲。

凭朱槛、聆听管竹，扣音拍、连颠尊足。神女依稀又至，似往日欢语，深山云谷。拟寻旧识，争奈天涯屫难搠。直观得、夜空里，几点疏星宿。

【注】"神女"句：指汉汉明帝时刘晨、阮肇深山遇仙女事。

金缕曲·丁酉岁末过九峰园

又嗅香千缕，向寒风，漫凋病柳，惊醒梅侣。萧瑟颓园群芳隐，惟有素儿频著。蛱蝶乱，似曾相顾。未忘芙蕖连水碧，傍浮霞，满目胭脂驻。今剩得，残枝舞。

蹊边俯视飘黄处，恰惹个、几番怜惜，几多思绪。遮莫韶华随波逝，白雪青丝朝暮。念落木，生衰天数。但看霜消东君至，一夜间、花着棵棵树。人比物，如凝露。

【注】梅侣：宋代诗人林逋隐居杭州孤山时，植梅养鹤，清高自适。这里指蜡梅花。素儿：腊梅。宋代诗人王直方侍女素儿，在蜡梅盛开的时候，折了一枝送给诗人晁无咎。晁为了答谢，就写了五首诗回赠。其中有这样一首，"去年不是蜡梅开，准拟新枝恰恰来。芳菲意浅姿容淡，忆得素儿如此梅。"蜡梅别称"素儿"便由此而来。白雪青丝朝暮：李白《将进酒》有"君不见，高堂明镜悲白发，朝如青丝暮成雪"句。

金缕曲·再题九卿山庄

蓬岛谁堪住？况而今、半间茅屋，野莺频顾。傍水流光苔堤泻，钓竹相陪朝暮。凝伫久，金蜂难数。斜倚青槐人欲醉，更远闻、箫管吹新谱。居福地，悦如许。

莫嗟岁月浮云去，纵然是、庄子化蝶，怎离此处？休学灵均分清浊，直念平生寻趣。应笑我、稚心犹著。兴起描图怡情绪，品冻醪、卧看空飞鹭。闲嗅得，香几缕。

八声甘州·丁酉初春古运河雨景

正朦胧烟雨泽幽蹊，柳条织帘时。趁酸风独步，凭空筛露，一路云低。满目疏枝初绿，摇曳湿罗衣。驿榭滞留处，桃李芳菲。

轻掷流光堪叹，尽花开花落，人不由之。更蕊香俊赏，颜老有谁知？酹残寒、频生思絮，觅旧妍、焉可得心怡？观青镜、搔头华发，逝水难追。

八声甘州·丁酉初春
游蜀冈生态公园

渐瑶山经宿露凝珠，曦阳破云红。便独行曲径，拟搜胜景，寻趣园东。满目琼枝梅蕊，次第叠香浓。一度胭脂色，蜂绕芳丛。

忽见苎萝西子，正穿梭玉树，锦帕浮风。况霞衣妆点，妩媚韵千重。探春光、怡人情绪，照菱花、鬓发与霜同。须凭案、韶华莫念，且醉金盅。

梦横塘·闲至三湾城市书房有得

碧波侵岸，樟叶笼云，夕阳重抹青浦。隐绰琼楼，且嗅得、浮香千缕。层砌轻登，玉台还倚，静听垂箸。况莘莘学子，驻目如痴，翻笺页，寻仙渡。

尝闻叠叠藏书，皆殷勤筑梦，应胜俦侣。鲤越龙门，纵妙手、怎离伊助？莫相念、清商次第，白发频添且无据。御轿归来，曲蹊清寂，正天悬河鼓。

高阳台·丁酉岁末
与诸友初冬登栖灵塔

　　菊点平山，鹊鸣老树，初冬古刹熏香。九级浮屠，拾阶频见金妆。一程尊者相迎接，直知他、法妙经长。且能修，墨迹飞龙，神韵环梁。

　　片云绕顶琉璃界，况江南倩影，薄雾轻藏。如练青湖，独得柳叶飘黄。倏忽梵呗传吾耳，觉心清、尽沐禅光。更凭栏，满目婆娑，些许寒凉。

高阳台·戊戌春暮游个园有寄

　　叠石成山，漏窗摄影，雪狮起卧缠绵。青笋频生，幽径修竹相连。浮云舒卷观飞鹤，暑气休、自在壶天。更秋亭，古柏斜伸，枫叶流丹。

　　闲攀磴道搜斯景，正虬龙抱节，滴翠莺喧。几缕清风，尽留"个"字痕斑。长思昔日黄公巧，若挥毫、漫画瑶园。只如今，依旧春光，难听君言。

　　【注】虬龙抱节：梁张正见《赋得阶前嫩竹》有诗句"欲知抱节成龙处，当于山路葛陂中"句。黄公：个园园主黄至筠。

高阳台·再游谷林堂

　　复至平山，追思太守，住眸一匾高悬。书案无尘，文笺在手新翻。飘然风采浑如故，捋胡须、直览琼园。泻霓光，翰墨遗痕，浮绪联翩。

　　维扬三过西江月，叹老翁未面，时梦登仙。半载知州，独得双石诗缘。拾阶欲觅东坡迹，正寒梅、漫浸朱栏。更茶香，次第吹来，还似当年。

　　【注】"维扬"句，东坡《西江月·平山堂》有"十年不见老仙翁，壁上龙蛇飞动。欲吊文章太守，仍歌杨柳春风，休言万事转头空，未转头时皆梦"句。"半载"句指：东坡在扬州半年太守时，获双石，并作《双石》诗。"更茶香"句：指端午，友人毛正仲向苏轼赠送了茶叶，苏轼亦为茶痴，遂在扬州石塔寺设宴款待事。

高阳台·戊戌晚秋登尔汝亭

拾级幽蹊，登高尔汝，小亭重浸行云。野鹊呼晴，老枝遮隐难分。凭栏遥望连江碧，者芦花、紫白相熏。忽飞来，鹭点轻纹，欲涤嚣尘。

谁知几帝巡游过，且笙歌绕岸，惬意河津。争奈时光，尽随逝水无痕。凝眸旧日龙舟处，得凌波、剪影双珍。况而今，桂子香风，天籁长闻。

金缕曲·戊戌初春游蜀冈生态公园偶得

幽径清香沐，向平山、草根初醒，丛梅环屋。焦尾文姬轻弹曲，倾听倍添端淑。况萧史、殷勤吹竹。解道寿阳拈一朵，作金钗、尽醉耆翁目。须摄影，梦还续。

长思时序何仓促、俯仰间、冬离春至，蕊红苔绿。依旧风筝齐云上，直接凌霄除俗。遇故友，几番相祝。朝若青丝成暮雪，罢重游，念个归来速。怡寸地，种篱菊。

金缕曲·戊戌初秋明月湖

倏忽秋风起，看芙蕖、轻摇残绿，莲台初萎。遥望高楼沉龙殿，千缕浮云相倚。况苔径，蝶衣争美。更得双桥湖上过，便留它、倩影维扬侍。登此境，品真味。

闲行胜景思难止，想夜间、天水两月，玉虚焉比？遮莫焦琴时充耳，若是伯牙亦喜。直听个、鼓声传递。纤手勤挥临波步，转翠鬟、正衬薇花紫。休怅惘，清商至。

八声甘州·初游曲江花园有得

向片云沉醉一壶天，白鹭绕兰舟。踏环河曲径，柳垂绿发，藤漫朱楼。遥望虹桥倒影，高树听鸣鸠。偏有几飞叶，坠落滩头。

登榭拟寻旧迹，奈江潮不见，嗟叹无由。独焦琴传韵，平地起红绸。且凝看、皆为潘鬓，念韶华、似觉得盟鸥。晴霄日、清香千缕，蕴藉风流。

【注】"登榭"句：指江河改道，已看不到枚乘《七发》所写曲江潮水。

暗香·岁末过影园有寄

垂条金叶，化清河沉影，朱栏浮蝶。忽嗅幽香，漫浸琼园似难歇。争奈流光易逝，看瞬间、蜡花年末。最无端、昨夜青丝，翻作一头雪。

水阔，与云接。又意象联翩，皆作寒骨。北南畅达，曾约知音得心悦。只是张公吐雾，隐风骚、如何能结。莫思也、除怅惘，静听诗曰。

一萼红·戊戌岁末过万花园有寄

寂寥园，况漫铺枯叶，野鸟偶飞旋。叠石摩云，跳珠直泻，浸湿一袖丝棉。过廊右、千丛修竹，看远水，风皱一湖天。两岸萧条，一隅绽放，黄蜡香连。

驻足几回凝目，忘维扬三九，正值严寒。啸马长思，宏图犹记，须信任意诗缘。想时序、春藏素雪，念东君、指点绿溪湾。直待杪冬尽去，十万花妍。

【注】啸马：指啸马诗社。

高阳台·己亥中秋
登扬州高旻寺天中塔

登塔金秋，住眸玉佛，拾阶古刹浮屠。扶手嫣红，盘旋欲上天途。片云缠绕铜铃动，听野鸠、窗外晴呼。且凭栏，俯瞰南郊，若个飞凫。

曾闻福地千年事，得九龙灵气，三汊通衢。久沐禅光，淹留几代皇舆。度人净土嚣尘去，把愁思、付与清虚。撞钟椎，余韵环梁，犹觉心舒。

梅子黄时雨·游高旻禅寺

梅尽维扬，正云白柳青，花馥蜂醉。向古刹高旻，九龙居地。春水缠绵徐绕岛，阁楼露角频收翠。斜阳里，信客老僧，香递名寺。

方至，初闻经旨。叹轻讴妙法，开释三世。感五蕴皆空，贪嗔皆止。闲坐菩提观自在，长嗟吾腹无真谛。禅音起，晚风拂波天际。

【注】高旻禅寺：佛家四大丛林之一。九龙居地：高旻禅寺位于扬州西南汊河镇，三面环水，寺庙山门对联为："三汊洪流，从地涌出一刹海；九龙真脉，千秋万代法王家。"

金菊对芙蓉·再题湾头

东宇浮香，竹寒凝翠，石坊遒字金辉。望棠湖接北，古水连西。几多商贾繁华过，壁虎桥、惟剩传奇。山光禅寺，颓痕残迹，千载谁知？

莫念旧港难追，更御舟烟去、叶落尘泥。看名家和璧，老阁珍稀。生灵保障耆翁乐，若瑶阙、满目皆诗。遥观天际，红霞一抹，青鸟争飞。

【注】壁虎桥：古镇东北有壁虎桥。棠湖接北，古水连西：湾头古街有四个圈门第一道圈门，门上题匾为"北接棠湖"；第四道门题匾为"西连邗水"。生灵保障：清阮元有"保障生灵"题匾。

玉连环·访庐

暮烟古巷，路幽深、一庐灯曳，谁家门第？正思寻胜迹，耆翁巧遇，犹道卅年曾会。尘踪多坎坷，取次自生计。只今风烛，但怡方寸，斟山品水。

相酌阆苑清芬，有浮香，暗共飞龙留字。看紫气徐波，虹桥悬影，云落池下霁止。更登楼俊赏，叹前人遗事。青茶慢煮，曲弦轻奏，趣园怎记？

东风第一枝·静香书屋赏梅偶得

（白驼山诗社分韵得"发"）

叠石桥连，縠纹云碎，霜风吹得花发。香波敷面心怡，野鹊啼枝声切。蹊边寻觅，见癯仙、倩姿摇拽。更女史、吟句亭前，倾慕广陵梅骨。

对此境、思绪远接，念吉金、丹青堪阅。玉壶传信春来，漆书着笺缘结。遗痕始识，知画笔、如今成绝。只留个、满苑芬芳，一路浸衣难歇。

【注】静香书屋：乾隆年间盐商旧筑，八怪之一金农常来于此。吉金：金农字吉金。玉壶传信春来：指金农画梅名作《玉壶春色图》。漆书：金农的书法创扁笔书体，兼有楷、隶体势，时称"漆书"。

梦扬州·独步西园曲水偶感

旧蹊长，独自闲游意，寻个清凉。绿树漫遮，碧草遥连朱廊。直看霜发摇罗扇，逐暑风、哼句京腔。孤舟去，晴波频起，古津难觅流觞。

休忘虹桥靓装，骚客聚西园，几许疏狂。域外友来，执手相询南厢。惜它榭里今空寂，立玉杯、人在何方？惟听得，鸠鸣入耳，檐瓦彷徨。

西河

河清澈，白霓相映如雪。长看野鹊度梅枝，啼声未歇。南陂柳杪眼初开，待他东帝缘结。

思旧岁，连新叶，焉忘瘟疫侵骨。杏林披甲楚荆行，欲将毒灭。死生不惧为黎民，须知史笔堪说。

又听玉阁韵难绝，倚纱窗、纤指频抹，驻足总留心悦。识凡尘、一劫方过，山水春色依然，香风拂。

满庭芳·瘦西湖寻春偶得

徐苑观花，长堤行舸，拂来柳眼春风。浮云沉碧，织锦小桥东。十里山桃竞放，者两岸、星点千重。飞凫至，縠纹频起，似接鬓霜翁。

远望天水一，嫩黄楼外，惬意怀中。直如梦，置身蓬岛芳丛。犹在此番抗疫，若凰凤，浴火神功。休空负，维扬胜迹，几度醉流淙。

玉梅香慢·广陵春色

风暖春回，蹊曲绿溢，澄练烟霞留迹。野鹜潜波，黄莺啼叶，行棹浮光穿碧。淡香遍染，望树妙、赋兰笔。斜倚朱亭，便觉蓬壶，只离千尺。

长思岁初一疫，恁猖狂、宅家朝夕。浴火还生，直看恶神雷劈。顿悟凡尘不易，犹解寄、着花亦是客。更有青帘，轻摇未息。

扬州慢·庚子仲春游宋夹城偶得

城峻旗红，湖宽云白，行舟浮碧晴光。看天桃摇曳，著柳色新妆。对琪岸、琴声绕客，野兰涂紫，乱蝶吹香。引耆翁、尘俗皆去，浑入仙乡。

维扬有记，者酣春、随意芬芳。且修禊虹桥，骚人裁句，曲水流觞。只是晴空依旧，莺啼处，不见渔洋。独东风如约，一程清浪微凉。

一萼红·赏瘦西湖万花会

碧云天，正西湖着色，一瀑挂前川。铜雀高悬，白衣低绕，直下千万花仙。织罗帕、青丛相映，得香气、轻浸曲琅玕。蛱蝶翻飞，黄莺啼树，似结尘缘。

兰舸浮波穿柳，过惠风十里，拟醉琼园。斜倚朱栏，聆听小调，漫品几盏甘泉。趁此刻、舒心悦目，念光阴，射箭莫须言。况值暮春群芳，渐老堪怜。

八声甘州·过冶春

　　沐清香千缕过茅庐，烟花结尘缘。望笼荫澄练，沉溪倒影，石级相连。风卷旌旗几度，傍水系龙船。端的皇家味，浮想联翩。

　　见说古来寻胜，有泛舟郊外，柳色丝弦。且虹桥修禊，翰墨著诗笺。看长蹊、明光依旧，念渔洋、何处觅先贤。惟留个、楼台十里，重听莺喧。

　　【注】冶春：扬州一景。渔洋：清王士祯号，曾在扬州任职，冶春和红桥因他的诗文蜚声文坛；扬州，也因王渔洋的虹桥修禊成为清初士大夫的向往之地。

【感事寄情】

插画：庞现青

【诗部】

闲趣

竹钓清溪影，风推柳叶舟。

闲来寻旧趣，潘鬓不知愁。

赏《白沙新曲》诗集有感

倚案一壶茶，诗音绕白沙。

千年潮水过，依旧望明霞。

船娘

轻摇画棹坠云惊，一曲民歌悦耳声。

柳色幽深飞白鹭，翠屏几点欲呼晴。

绿化工

刀盘转动草坪过，松软长毡惬意多。
足下任凭尘土起，琼园一霎化青罗。

导游

十里长堤任汝游，景观遥指话春秋。
野莺亦解青娥意，柳杪穿梭几处讴。

咏灯光

夜色燃花织锦长，化开尘世五千霜。
纵然得意春风暖，不及三更几缕光。

河道清洁工

风吹水皱一扁舟，叉动人移似不休。
只看长河澄见底，野莺飞过亦回眸。

己亥岁末看书法家送春联有感

扶桑紫气浸朱台，直看名家蘸墨来。
袖底留痕香不尽，浑如绿萼纸中栽。

又

蜡纸携来任意裁，晓阳初照映红腮。
行人选得佳联去，笑语连云春信回。

清溪

槐繁草碧竹生烟，屋陌溪弯碎雪连。
老妪浣纱青石上，或为尘世地行仙。

徐园观画展遇故知

漫涂秋色小桥东，锦簇篮花笼画丰。
玉案何人轻弄笔，飞来一纸浅深红。

又

雨筛细润菊花黄，水榭飞龙梦笔长。
品画有心寻故友，孰知相见鬓成霜。

祝福上海东铭红一

扶摇直上九霄东，拼搏几番桃李丰。
一展宏图心志远，高歌沪上建奇功。

又

狮城立足著新篇，海外长留华夏缘。
须信征途多旖旎，赢来佳绩胜从前。

清风书画院偶得

和风绿萼竞相开，阆苑芬芳青帝回。
独上琼楼春韵著，拟观珍迹赋诗来。

又

挥毫玉案墨痕香，古邑先贤出画廊。
漫品丹青生醉意，何时借得茆庐藏？

读《古城情思》偶感

有幸中秋偶得书，闲来漫品月光初。
芜城景色琼丝织，一览蓬壶意自舒。

又

灵动文辞习俗连，读来诗话意长牵。
书中藏匿黄金屋，穿越时空数百年。

咏枯竹

秋来春去一竿枯，雨骤风寒几粒珠。
抱节成龙曾拔萃，而今无奈老枝孤。

江边吟

江岸凭栏看水流，沉云碎影似难休。
薰风漫浸飞杨絮，一霎青丝化白头。

戊戌清明

广陵十里碧云天，草绿花红曲水连。
正是春浓闻杜宇，行人城外祭青烟。

丝瓜

金英渐隐化条瓜，摇动蛮腰向晚霞。
几度秋风凋翠色，不知有梦亦难赊。

听雨

雨滴芭蕉过半秋，重音次第浸琼楼。
湿风吹得人心老，倦意何如酒一瓯。

看荷塘偶感

留影芙蕖一水香，晚霞抹粉正梳妆。
不知萧瑟秋风至，多少红衣坠野塘。

题图

碧宇凭空飞白霓，群山掬翠落阶梯。

休言瑶阙仙家住，游客观光踏藏西。

题庞现青曲周人物画

郦商

沛公麾下一名臣，骏马奔驰百战身。

封爵曲周家国兴，丹霞绕凤着奇珍。

秦邦彦

门户独撑行孝道，举人受命作知州。

漳河治理留遗迹，造福一方香气流。

光阴卅载若飞花

（辘轳体）

光阴卅载若飞花，山水依然拢碧纱。
莫叹此时皆白发，须知夕照亦浮霞。

又

年少空将春煮茶，光阴卅载若飞花。
刘郎才气今安在？惟见云浮日照斜。

又

风雨同行寻友挚，长思青鸟展新翅。
光阴卅载若飞花，旧岁韶华心永记。

又

恩师解惑筑仙槎，企盼钟期逢伯牙。
休道人生多灿烂，光阴卅载若飞花。

【注】离开母校已经三十载，当年风华正茂，而今斑发盈头。不觉感慨万分，写此辘轳体以记之。

菖蒲驱邪

浮云摇绿碧波东，苔岸菖蒲映耄翁。
轻取一丛熏小苑，驱邪抒意化香风。

登山遐思

风皱清波鸟一行，云飞玉塔绢千张。
伊人最爱登高望，自展蛮笺锦字长。

西园蕉鹿

西苑溪波玉砌边，东风有约柳花眠。
牵枝独看鱼龙戏，几许流光绮梦圆。

观鹭

凝观野鹭动青枝，倚案吟哦心自怡。

揽得斜阳红一缕，轻涂衣袖蝶蜂知。

暮色

曲径幽香接碧池，斜阳几度漏胭脂。

水天一色皆红遍，更听焦琴韵亦奇。

小酌

琼楼小酌酒香浓，凭案伊人醉几重。

轻启朱唇吟橘颂，平铺笺纸墨飞龙。

偶观夕照

斜阳着色叠云低，坠入湖中惹客迷。
耆叟亭边凝目看，葛衣亦染几分霓。

老槐

弥陀巷里一青槐，入梦何人蚁国回？
闲看孑然堪寂寞，惟留蝉韵独相陪。

闲游古刹

栖灵高耸浸流云，金燕环飞夕照熏。
轻踏琼阶心静谧，禅音几缕独相闻。

月下寻趣

凉蟾高挂独凭栏，摇曳圆青蛙韵弹。

万点流萤勤着面，银光漫过浅波滩。

清晨偶思

初升晓日片云高，几缕凉风曳鬓毛。

凭槛遥观无限意，溪边犹听读离骚。

避暑

野风吹得縠纹多，尽惹金蝉隔叶歌。

绿荫纳凉驱暑气，荷香复浸一衣罗。

小溪

曲径清溪迭翠长，芙蓉几朵点青妆。
亭中白发勤相看，衣袖犹飘一缕香。

老庙初悟

闲观古刹听禅音，恍若罗衫香气侵。
从此便生菩萨意，莲花一朵著吾心。

听莺

闲凭竹榭任风吹，些许莺声啭绿枝。
着意寻它琼苑影，徘徊几度著新诗。

尝莲

小溪雨霁拢青岚，莲子新尝一味甘，
复念人生多坎坷，何如心静学瞿昙。

月下听箫

几缕凉风卷柳帘，清湖独坠一冰蟾。
竹箫吹得人沉醉，梦入华胥惬意添。

江边即景

扬子江头看远帆，两山相对画舟衔。
野鸥弹水无声律，惟有清风浸短衫。

老翁思禅

老翁行止无拘束，不爱罗衫红与绿。
直看林间燕子飞，拟听禅韵去凡俗。

看三湾草地偶感

丝毯轻铺绿色谐，香风环绕醉形骸。
飞过野鹭几声噪，碧草连波到海涯。

春梦偶得

溪水轻声浸枕边，梦中也念旧缠绵。
曾经焦尾舒情志，醉入朱亭杨柳天。

鸟意

住目飞凫戏水湾，两三白鹭绕尘寰。

秋光一种秋心二，谁去谁留倏忽间。

柳叶

闲行恰遇柳枝狂，一阵飙风尽落黄。

记得烟花三月里，嫩芽初出绿条长。

归雁

斜阳漫染片云红，雁阵穿梭御晚风。

莫道维扬留不得，寒霜屡袭渐枯蓬。

八月雨

细雨梧桐一夜声，推窗落叶傍风行。
几回煮酒生惆怅，惯看秋云月不明。

小聚

山珍盈案玉楼香，几盏琼浆品味长。
竞说维扬风雅事，鬓霜犹见少年狂。

思君

冰魄高悬几缕云，霓灯交汇木樨熏。
无端往事须史见，相隔千山亦念君。

秋稻

金波迭起引秋风，珠粒成排坠若弓。
正是农家居福地，田间笑语绕苍穹。

扬州绿杨诗社换届有贺

梅花点缀一城香，骚客相逢话绿杨。
从此前程多旖旎，九都纸贵向曦阳。

又

邢城结社莫相忘，卅载心舒意未央。
叠案黄笺留记忆，惹人几度溯流光。

又

如今又是蜡花黄，相映广陵春信长。

直看舀来澄碧水，酿成醴酒醉诗乡。

自题小像

大海一扁舟，风推浪谷游。

茫茫深夜里，谁料几沉浮。

【注】1983 年 6 月旧作

晚秋

吴刚月殿理花枝，无限愁思若茧丝。

珠泪轻弹银阙里，嫦娥舒袖不相知。

【注】1984 年旧作

丁酉岁末三弄雪

寒风夜未眠，白羽绕吴天。

径曲银尘叠，园疏素蕊悬。

程门谁立雪？仪狄酒延年。

绿萼催吾去，搜香浸旧笺。

庚子母亲节

晓起沐曦阳，清波溢短长。

先慈凝泪念，无意过风凉。

纳底抽千线，捣衣传一塘。

春晖何得报，云帕绕仙乡。

逢君

故地偶逢君，风情晓日熏。

青丝生道骨，暮雪解骚文。

八斗才难计，孤篇韵可闻。

直看邢上水，子建气连云。

故地重游有得

幽径连溪翠色含，重登竹榭味犹甘。

流光漫染晴波叠，圆绿轻摇乱蝶酣。

绕蔓旧篱思柳五，咏诗新茧梦梅三。

薰风几缕人愉悦，宠辱偕忘一水蓝。

【注】柳五：即五柳先生，指陶渊明。梅三：梅尧臣别称，宋·张世南《游宦纪闻》卷九："梅三、马五、蔡大，皇祐壬辰中春，寒食前一日，会饮于普照院。仲涂和墨，圣俞按纸，君谟挥翰。"新茧：梅尧臣有《新茧》诗。

访农乡未果有寄

扶桑傍日红，槐序离东帝。

民俗垄边出，墨痕心上系。

琼乡未许行，鲸客频相继。

隐约匿杨花，翩跹传梦呓。

偶思香野埂，似听歌棠棣。

风卷将军旗，谁观焦氏第？

开怀情趣升，移步榴英缀。

浮蝶绕蹊多，啼莺栖叶细。

拾阶临驿亭，凝目赏罗髻。

依案饮佳醅，举盅焉可计？

【注】风卷将军旗：指张爱萍将军曾在方巷乡蹲点事。焦氏：焦循，清哲学家、数学家、戏曲理论家。被阮元誉为"一代通儒"。

屈子吟

灵均伫立湘江畔，扶剑遥观碧玉生。

风疾浪湍沙愈净，天沉世浊自惟清。

可怜饮恨朝堂去，慷慨乘虬水殿行。

华夏骚人从汝始，独留千古美诗名。

【注】碧玉：喻碧水、碧涛。世浊尔惟清：楚辞《渔父》屈原有"举世皆浊我独清，众人皆醉我独醒"句。乘虬：《离骚》有"驷玉虬以乘鹭兮"句；水殿行：喻屈君投江事。

偶感

黄笺飞舞绕清虚，翰墨遗痕三百余。

直道时人多梦笔，还闻名士五车书。

著文但见张公雾，采菊犹知靖节庐。

纵是孤山梅鹤客，亦钦高隐古城居。

己亥母亲节有得

伫立虹桥看画舟，翩翩思绪绕琼楼。

慈颜似觉身边在，叮嘱尤能耳畔留。

独去学堂忧不止，三迁茅屋意难休。

昏灯挑亮缝新裕，筛雨施威闹孟陬。

曲径弯腰寻菜急，旧檐滴泪为儿愁。

遥观云翳随风散，白鹭翻飞碧水洲。

武汉火神山交付使用有感

抗击瘟神罢夜霜，瞬间拔地见医房。

钟馗自得驱魔术，天使携来疗疾方。

老树梅花开次第，新名冠毒敛猖狂。

祝融举炬幽灵去，山水依然沐晓阳。

【词部】

竹枝词·春韵

芜城梅柳起香风，画棹清波曲韵中。
堤岸依栏垂钓趣，一丝浮动悦耆翁。

竹枝词·雨荷

晨风轻缓曳青衣。细雨殷勤润玉姬。
长思阴霾归去后，几回香漫蝶翻飞。

又

珠移圆绿榭流香，碧水涟漪玉藕藏。
凭槛凝眸人自醉，拟搜斯景入诗囊。

竹枝词·荷花节

凉风微雨宋城中，绿叶清波菡萏红，
相聚诗人频赋句，更闻天籁绕溪东。

又

浮桥舒意柳扶风，水榭飘香趣味浓。
难舍青莲摇倩影，赏心愉目老仙翁。

塞姑

小苑红梅作伴，冷月偏欺漏短。
谁共清风一宵，独自轻吹篁管。

塞姑·遇高才

顿悟才高八斗，不羡骑鲸老酒。
休管新醅味何，自个开颜依旧。

阳关曲·看云

飓风乘得白云来，幻化狮龙任意裁。
莫思物候几多变，心若无尘明镜台。

欸乃曲·看阳台小葱茂盛有得

筛雨香葱清露悬，寒风摇曳似生缘。
遥观坠叶尽萧瑟，独有云台春未眠。

欸乃曲·冬月荷塘

风乱清溪黄叶旋，流云沉水度寒天。
何人倚槛渐成梦，直忆芙蓉开眼前。

如梦令

听得木鱼重击，便觉心尘尽涤。声伴百花飞，
坠入香泥无迹。朝夕，朝夕，诸法因缘生息。

调笑令

残雪，残雪，红梅树边香别。似曾嫁得东风，
漫舞水岸阁东。东阁，东阁，难觅旧时飞鹤。

杨柳枝·情寄邗江
2017 书画新作展 五首

许凯、张鹏、朱同庆、王国云、周勇 2017 书画新作展，于 3 月 3 日在邗江化馆举行，记之。

雄鸡墨趣

柔草司晨夜暂栖，浸香篱畔一丛莓。
直观远际曦阳出，振翅长鸣纸上飞。

瓜果飘香

挥笔搜来紫玉珠，蜜瓜相伴绕茅庐。
瑞光照得晶莹透，欲摘黄笺慰旅途。

梅香熏衣

寒夜梅花映雪红，漫熏宣纸墨飞龙。
轴前伫立寻芳意，一睹仙姿醉老翁。

翠竹摇影

轻着丹青竹影长，简繁疏密自成章。
住眸漫品悠然趣，似有清风起画堂。

草书有得

浓淡相间着笔珍，后前呼应若流云。
止行直为张颠趣，住目寻真数墨痕。

添声杨柳枝·枯木逢春

几缕浮云浸梦魂，惜灵根。千载流光印旧痕，涤凡尘。

纵是雨风时序变，难易面。凌霄添寿又逢春，地仙身。

添声杨柳枝·观黄俊俭书法展

风曳公孙绿叶遮，隐飞霞。香气熏人意尽赊，若烟花。

轻转朱堂多墨迹，迷朝夕。始知一笔亦豪奢，走龙蛇。

【注】2016 年 7 月 23 日观河南黄俊俭书法展，记之。公孙：公孙树，银杏树的别称。

添声杨柳枝·赛德别戴君

一路鸣蝉碧树梢，悦西郊。姮娥舒袖令相招，步云高。

把酒几回思往事，离无计。凭栏犹觉燕归巢，藕香飘。

添声杨柳枝·影园看外国人跳广场舞

野草氤氲绿柳扬，漫梳妆。金足腾挪扣拍忙，映流光。

肤色浅深同趣味，行如醉。一池莲藕付清香，浸罗裳。

西江月

溪水平桥轻过，玉蟾沉影频摇。流香几许出青梢，夜幕星辰稀少。

远看并非旧梦，低闻恰是新醪。归来燕子路途遥，焉忘江阳双老。

西江月·己亥文友重阳小聚

菊序小楼相聚，金盘圆案流香。清醪漫酌味犹长，偏得尘心惆怅。

初识风骚有迹，几经弯曲生凉。石榴熟了正重阳，百籽甘滋堪享。

西江月·庚子守岁偶得

银幕彩灯频泻，佳人纤指勤挥。伯牙弦马探春时，谁个住眸长寄。

明日西湖莫去，今宵东阁忘机。任他户外毒风奇，吾自怡然无忌。

秋蕊香·中秋过东关街偶得

老巷清风香诱，城碟灯笼红透。何人惹得青眸右，捏面女娲神手。

朦胧古迹珍藏久，琉璃后。凝看碧水浑如旧，堪酿东关琼酒。

【注】东关琼酒：指"东关街酒"。

秋蕊香·小聚

熏袖木樨香气，陈案山珍滋味。霜丝故友千盅醉，若个少年神似。

南郊昔日鸣钟事，心犹记。争知此夕重相会，惟奏焦琴舒意。

西江月·沙头观生态园

红薯凭空悬挂，金瓜卧地休眠。垂丝勤织锦绸轩，惹得火龙羞见。

玉管纵横交错，青藤阡陌缠绵。跳珠直泄湿琅玕，犹看游鱼深浅。

【注】垂丝：指锦屏藤。火龙：火龙果。玉管：指用来培植果蔬的塑料管。

西江月·冷餐晚会

　　夜幕星移几点，青庭树挂孤弯。九霄仙子亦悠闲，频落玉台香漫。

　　纤手轻挥袖舞，朱唇微启音旋。一盅绿蚁果蔬鲜，浑若韶华又见。

生查子·蒲月有记

　　扶桑晓日升，漫浸浮云色。金凤下凡间，流彩熏阡陌。

　　直听竹箫声，应是追风客。谁倚驿亭边，揽景寻诗魄？

生查子·西湖偶得

柳杪织青帘，锦鲤龙宫去。倚榭看沉云，镇日闲心绪。

休惜坠烟花，不合为俦侣。直待绿罗裙，裁得芙蓉句。

【注】直待句：王昌龄《采莲曲二首》有"荷叶罗裙一色裁，芙蓉向脸两边开"之句。

生查子·今夜无眠

笼月琐窗边，罗帐不思睡。天宇野云空，湖水流光碎。

一度感伤言，些许悲时泪。明日着霜丝，经年添憔悴。

生查子·乡村有记

　　埂上野花多，乱蝶犹飞遍。赤足水田中，插土堪成幻。

　　频闻亮喉呼，一霎丛苗见。浑若织青绸，凝目神休散。

生查子·初夏西园

　　暑风阆苑中，竹石流光映。长听雀啼枝，偶看花多病。

　　闲行趣未舒，睹景心安定。无意蝶蜂过，直待水芝兴。

生查子·挚友相会

思他暮色来，却被时光误。相猜挂牵多，且步崎岖路。

叩门听噪蛙，弯月移青树。倚案一杯香，醉卧不知处。

生查子·秦淮闲步

闲踏小秦淮，柳色浑如旧。俯首看清姿，似觉平添瘦。

无意念韶华，却记抛红豆。遮莫见霜丝，当惜斜阳后。

生查子·读经偶感

休言过去因，须念今生果。今生悟菩提，来世莲千朵。

万物傍缘生，焉记那时我？一刹自听禅，瞿昙在心左。

生查子·帝景小酌分韵得"夜"

御辇至西城，月色云遮夜。琼楼忆平山，绿蚁盈金斝。

不思玉妃姿，直说观堂话。临别意难休，一路荷香泻。

【注】观堂话：王国维，号观堂，这里指王国维《人间词话》

生查子·《扬州诗文》创刊有感

绯桃绕玉楼，馥郁明堂处。浮蝶御清风，骚客频相顾。

挥毫自化龙，抱翠堪为赋。漫谱一城歌，春韵入心户。

生查子·雾

须臾薄雾生，渐次遮天地。车行笼绢纱，灯射成萤尾。

姮娥隐玉姿，河渚浮云气。莫是在蓬壶，飘渺蜃楼系。

浣溪沙·茶话偶得

陋室烹茶香气浓，玉盘品橘瑞光重。故人拱手悦相逢。

旧岁浑如江逝水，新年犹待墨飞龙。芜城自有采诗翁。

浣溪沙·园春楼城庆诗会

丹桂浮风润玉堂，翠眉琼案裛清香。锦丝银幕泛流光。

骚客吟诗心惬意，何人品韵味悠长。醉敲金碟不思乡。

浣溪沙·品绿杨春

叶若柳芽凝碧颜，携来几簇悦春鲜。玉瓯半泡翠眉旋。

漫品新茶香绕案，还观琼液绿生烟。霎时气爽莫钦仙。

【注】绿杨春：扬州名茶。

浣溪沙·逸庐

绿树雕墙疏影多，蕙风池水起清波。檐前香袅燕飞过。

画案有心寻墨趣，明堂无意听莺歌。小园春色漫消磨。

浣溪沙·古筝表演

独上朱台杨柳腰，霓光敷面绛红桃。凝眸琴案指轻摇。

眉黛微扬西子色，玉珠频落广陵潮。伊人情趣逐云高。

浣溪沙·诗词吟诵

轻卷珠帘香气流，先生吟诵韵难休。雅风平仄绕朱楼。

口吐珠玑情有迹，手挥山水意长留。烟花月里度春秋。

浣溪沙·山庄小聚

风染秦淮笼柳纱，琼楼沉影夕阳斜。山庄伯仲忆韶华。

交错觥筹拼一醉，淡浓肴色比繁花。先贤追忆话名家。

浣溪沙·听雨书屋

小巷幽深一境开，溪流卷石接琼阶。黄衣隔叶韵重来。

墨迹龙飞留玉璧，柳眉水浸绕朱台。何时明镜着金钗。

浣溪沙·连福社区听扬剧

红毯漫熏白玉墙，金莲漫步独登场。频闻数板
韵声扬。

黄发凝眸翻蝶梦，垂髫扣拍醉明堂。赢来喝彩
一楼香。

浣溪沙·人日有寄

阴雨连绵人日晴，柳芽孕绿绕琼亭。凭栏长听
野鸠鸣。

泥酒一壶潘鬓意，焦琴几度伯牙声。知音觅得
慰平生。

浣溪沙·荷塘避暑

绿水莲花绕栈桥，蜻蜓任意着红袍。仙姑浮碧小蛮腰。

一路柳帘遮日色，几回竹榭话今朝。葛衣汗渍暑风消。

浣溪沙·丁酉初雪

六出飞来喜欲狂，几回敷面润肤霜。浑如老友不相忘。

曾叹阳春无瑞雪，还思梅萼有寒香。今朝践约素衣妆。

浣溪沙·听诗歌吟唱

　　仙子凭空登玉台，焦琴一曲绕琼阶。香风几度拂衣来。

　　复展蛮笺诗句读，还挥纤指异花开。闲窥斯景悦襟怀。

浣溪沙·己亥春雪

　　一夜寒风过碧枝，携来蛱蝶漫天飞。直教万物著花时。

　　种玉幽篁滋翠色，寻诗潘鬓醉红梅。清香浸袖正心怡。

浣溪沙·帖老作品朗诵会

一曲高歌银幕移，凝神吟诵复为奇。直舒胸臆
白驹追。

赋得伟人千百韵，听来往事几多思。霓光重泻
若霞飞。

清平乐·世明学校艺术节

浮云筛雨，香菊开秋暮。弦管高低传韵处，恰
是雏鹰翻舞。

童子尽展才情，耆翁俊赏笑盈。沉醉艺园几度，
焉知曲罢声停。

清平乐·落叶

微风次第，片叶凭空坠。幽径几回留恋意，皆是时光相戏。

暑至禅韵悠长，秋来柳杪枯黄。嗟叹人生如梦，鬓边倏忽成霜。

清平乐·阅稿偶感

琼台围坐，雨坠窗千颗。叠叠蛮笺秋硕果，过目拟知稳妥。

黄发单照寻题，绿茶几盏香眉。品得惊人诗句，浑如太白鲸骑。

清平乐·阵雨

墨云压顶，乌幕划金影。霹雳一声秋初醒，天水人间洗净。

倏忽隐去飙风，须臾直见霓虹。几缕新凉入户，柳眉漫品千盅。

清平乐·富春早茶

木樨绕阁，香气频熏桌。玉碟佳肴雍巫作，入口还须慢嚼。

复品龙井千杯，闲侃传说几回。但得舒心一刻，休言青鬓难追。

【注】雍巫：即易牙，春秋时期的一位著名的厨师。

清平乐·打篮球

仰观高架，几缕浮云挂。倏忽彩球凌霄下，浑若明珠幻化。

华发直觉年轻，垂髫复得功成。浸染木樨香气，长闻野雀呼晴。

清平乐·《平山清韵》发布会偶感

轻摇纸扇，黄发斜依案。凝视朱台书万卷，若个灵均重见。

溽暑还浸琼楼，清香尽染初秋。吟唱抑扬情挚，饱看诗意长流。

清平乐·参加"有一文化沙龙"活动有得

西风初至，琼阁熏香气。瑞鹊飞来桥搭起，频叠红桃芳李。

天阙舒袖青鸾，轻携锦绣联翩。拟看芜城骚客，剪得秋色三千。

南歌子·朝鲜油画展偶得

暑气环城郭，琼阶接艺堂。凝观玉壁水山光。浑若溪边系棹、入仙乡。

高丽民风在，姮娥笑靥妆。移刀刮出画千张。伫立拟搜殊味、匿余香。

【注】移刀刮出画千张：指刮刀作画的特色。

南歌子·电视台专访零落秋声偶得

焦聚通儒阁，聆听风雅声。直闻书卷淡香生。
解得构思滋味、亦舒情。

言志挥毫乐，怡心琢句精。字间长说浊和清。
一叟闲凭朱案，梦犹醒。

南歌子·曲蹊观鸟

危树浮云绕，流波暑气消。直观老雀斗垂条。
隐绰住眸难识、噪尘嚣。

只道香风浸，难知节序调。焉能病翼上青霄？
须带晚霞几缕、理金毛。

沐燚轩诗词集

下册

吴进荣 ◎ 著

新华出版社

目录
CONTENT

三、感事寄情

五、旅途记忆

南歌子·华夏诗词论坛周年庆

雨霁虹桥出，风微莲藕香。凭空青鸟向曦阳。赢得一天瑞色、着新妆。

锦瑟声频起，欢歌意未央。经年始信挚情长。更看三千骚客、醉仙乡。

南歌子·香港回归 20 周年有感

紫荆妆新界，旌旗映九龙。回归廿载浴香风。海角颂歌长奏、韵无穷。

莫忘清朝暗，须观晓日红。晚来银幕正相逢。斟得佳醅几盏、悦耆翁。

南歌子

筛雨残寒共，琼楼香气旋。一堂和气竞开颜。
风雅传承良策、著黄笺。

高论消台后，精华溢案前。始知玉带即诗仙。
趁得三春时候，舞翩跹。

南歌子·偶听吟唱有感

朱案须轻倚，清眸且漫凝。只缘吟唱鹊桥声。
云水高低几度、绕三更。

思古遥为梦，听词近有情。灵犀一点露香凝。
尽得少游心绪、若鸥盟。

【注】刘勇刚教授吟唱秦少游《鹊桥仙》，有感记之。

南歌子·贺《风神自照——歌吹是扬州》诗集出版发行

寒菊妆街艳，阳春傍日红。千回清韵此相逢。一览黄笺成册，数年功。

读序风神驻，吟诗自照同。平山才气若流淙。但得宋唐余味，慰欧公。

南歌子·听"雅韵清声"诗词讲座

霓灯熏横幅，银屏移墨痕。广陵才子执鞭人。长倚厹平教授，赋诗魂。

凝目垂髫客，翻笺老叟身。几回喝彩着情真。须信千年精粹，正逢春。

南歌子·看三里桥社区舞龙

绿毯连朱榭，虹桥映碧溪。一绳牵动巨龙飞。
几度金麟翻转，化神奇。

竹韵环冬苑，香风浸客衣。焉知霜发得心怡？
夕照西山渐隐，染余晖。

南歌子·读《诗路快乐吟》有得

朱案翻书页，清溪得月楼。雅风频读味难休。
端的大千世界、任吾游。

初品真情染，长吟古韵流。浑如邢上听莺喉。
舒意何须深奥、亦香稠。

南歌子·贺啸汉马诗社成立

绿萼香汉马，香风绕溧阳。须知滴翠竹松长。鲤跃龙门今古、傍文昌。

濑水留骚客，飞琼出帝乡。几回词赋作新妆。赢得蟠桃一苑、尽芬芳。

【注】须知滴翠：宋张孝祥写溧阳三塔荡《寒光亭》有"亭依三塔占清幽，松竹环除翠欲流"句。"鲤跃龙门"句：指溧阳历史上曾出185名进士。濑水：溧阳别称。

南歌子·东关街吹糖人

古巷春风暖，新年遗产奇。抽来竹箸绕糖泥。生肖千姿幻化、任他吹。

老叟凝眸悦，垂髫驻足迷。休嫌央视播音迟。犹看夕阳轻隐、晚霞飞。

南歌子·己亥诗协新春茶花会

细雨滋草绿，琼楼品茗香。骚人相聚话维扬。
搜个旧年风味、入诗囊。

欲展宏图志，犹思典雅装。始知筑梦一程长。
几朵红梅作伴、映纱窗。

南歌子·偶听名家座谈有得

玉砌连楼阁，名家说雅风。谦谦君子若霄鸿。
聆听一时便觉、遇文宗。

倚案诗言志，循题笔化龙。撒盐入水味焉同？
识得古城高隐、百年功。

【注】扬州诗词协会 2019 年 3 月邀请了扬州文化界知名人士召开诗词座谈会，记之。撒盐：指会间，听得扬州文学大咖将写诗比作"将盐撒入一盆清水，看上去清水依旧，但味已经不同。须品才能知道。"听后很有感触，填词一首。

南歌子·看庞现青宝像白描作品展

淡墨描宝像，牛宣出坐莲。化身八四看尊颜。
玉璧瞬间闪烁、润心田。

画室无尘俗，霓灯有佛缘。驻眸片刻得慈安。
始识三千世界、大悲天。

南歌子·贺"古城老巷·古韵新风"
仁丰里诗词大赛启动

老巷春光染，朱台佳讯传。汶河味道著诗笺。
若个蓬壶香气、绕人间。

笑语环街面，风骚浸古轩。仄平声里得悠闲。
须信群英荟萃、舞翩跹。

南歌子·《清溪集》发布会

邢上群花乱，清溪一韵长。频开书页复流香。
尽得霓灯染色、意飞扬。

漫解言精彩，轻吟曲未央。文坛留迹莫相忘。
应是诗心永驻、若曦阳。

南歌子·读七老《橄榄集》有得

斜倚茶一盏，轻翻韵几重。香薰橄榄趣无穷。
搜得李桃成集、正春风。

案牍留真谛，诗文忌假空。读来似觉听流淙。
始识人生百味、笑言中。

南歌子·己亥初夏相聚石油山庄

玉砌连琼阁，和风透琐窗。轻围朱案复流香。潘鬓相逢笑语、浸山庄。

青眼诗成集，高歌韵绕梁。且斟绿蚁醉东厢。不觉金轮西下、染霓裳。

南歌子·丙申迎新

梅花寒傲树，扶桑彩叠云。穿枝野鹊噪成群。遥听千声爆竹、悦新春。

猴得流光艳，鸡临瑞色珍。香薰邗上悦黎民。拼得千盅一醉、烂柯人。

南歌子·思涵十岁生日偶得

龙川开黄蜡，琼楼泻彩霓。山光水幕尽朝曦。
搜得髫年丽影，溅芳菲。

挚友驱寒意，朱台饮玉杯。高歌一曲自心怡。
同贺思涵生日，赋新词。

南歌子·运河一号初冬

曲蹊丛竹绿，苔泥银杏黄。流丹枫叶映曦阳。
鸠鸟频鸣高树、若吹簧。

但沐微风暖，长闻紫菊香。楚辞漫品独凭窗。
沉醉金书屋里、意飞扬。

又

　　山石琼苑叠，青池锦鲤游。莲台隐去縠纹悠。闲步阳春玉砌、海桐稠。

　　频看莓花绕，堪怜促织休。西风次第木樨收。碧镜偶观浮影、白霜头。

南歌子·偶见戴胜鸟

　　寒风飘玉瓦，银砂映琐窗。明台金冠沐曦阳。不失仙家锦羽，悄梳妆。

　　琼宇云纱冷，凡间草屋香。偷降尘世可驱霜。休叹曾为青鸟，亦趋祥。

　　【注】银砂：韦庄《夜雪泛舟游南溪》诗有"两岸严风吹玉树，一滩明月晒银砂"句，这里指飞雪。金冠：戴胜，别名金冠鸟。

南歌子·华语诗会偶得

　　正谊风骚客，嘉平董子堂。琼台梅染自流芳。几度诗音醉我，韵飞梁。

　　更听焦琴曲，还闻翰墨香。玉笺索得欲心狂。酿个佳醅细品，味悠长。

南歌子·种牙有得

　　香气熏槐夏，流霞绕玉楼。偏逢病齿痛难收。何处名医觅得、去烦忧。

　　轻种牙基正，长观疾患休。始知扁鹊古城留。金铂利人给力、住清眸。

南歌子·晨观

垂柳随风摆，清溪逐浪移。云霞漫染水成脂，鱼跃鳞光抛彩、乱金衣。

鸟入仙乡里，人依老树枝。晨曦邀我梦中回，似觉少年去我、未多时。

醉太平·岁末友聚

红毡浸堂，欢声绕梁，圆盘轻转流香，品千壶杜康。

似曾晓阳，又如梦乡，忆他几度迷茫，况青丝暮霜。

醉太平

笙歌意新，壶觞味醇。寒霜亦化阳春，看胭脂染唇。

江郎笔神，太公梦真。万千诗赋星辰，著名篇几人？

武陵春·闲云芳辰有贺

碧水秦淮春气染，疏影溢清香。记取和风意未央，梦笔著华章。

犹看漫移七弦手，余韵绕朱梁。但得怡心笑靥长，莫负俏时光。

忆江南·登水榭看运河夜色偶遇故友

金鳞碎，兰棹趁清风。琼阁霓光留倒影，虹桥姿色接长空。云气紫都中。

天籁韵，水岸复相逢。纤指轻挥随曲拍，翠鬟频起驻青瞳。沉醉一耆翁。

又

凭栏望，冰魄碧空悬。沉入河中留玉璧，飘来杯里化银钿。香气自飞旋。

佳友至，对月笑声连。黄发轻吟翻蝶梦，稚童重仿化莺言。愉悦即神仙。

瑞鹧鸪·圆梦新时代

镰斧金光浸九州，复兴古国著春秋。小康兑现黎民乐，双百相辉香气稠。

绘得宏图谋福祉，迎来机遇御兰舟。梦圆盛世丹霞舞，直看炎黄争一流。

瑞鹧鸪

旌旆浮风绕广陵，木樨浸客自生情。管弦叠奏青鸾悦，桃李丰收香气盈。

筑梦江阳观鹤舞，无忧耆叟听鸠鸣。蛰居古邑虬龙地，独品骚人吟诵声。

瑞鹧鸪·品诗

邗上依稀几缕红，拾阶偶沐菊香风。案前片片蛮笺乱，屏里行行诗韵浓。

细品怡心犹得味，轻翻飞絮自寻踪。漫寻烂漫春光处，些许烟花如梦中。

【注】邗上，扬州的别称。

瑞鹧鸪·咏鸡

蓬牖初开一缕风，斗星渐隐玉庐空。兑禽偶动知天责，金羽频摇司晓钟。

武踞勤梳春岭绿，文冠还染阆园红。始知五德凡尘著，独引曦阳升海东。

【注】兑禽：鸡的别称。五德：汉韩婴《韩诗外传》云"鸡有五德：首戴冠，文也；足搏踞，武也；敌敢斗，勇也；见食相呼，仁也；守夜不失，信也。"

瑞鹧鸪·中秋赏月

苔岸闲行沐晚风，桂香浸客竹亭东。素晖一缕沉溪水，浮蚁千樽凝漆瞳。

忽看姮娥罗袖舞，还听弦管韵声重。惹来画舫穿波过，碎影轻摇怡老翁。

瑞鹧鸪·社区大厨房

金粟流光绕玉房，灶台小铲几回忙。简餐细作琼盘叠，银箸勤移朱口尝。

忽见仙翁乘鹤至，还听条案笑声长。白头莫道多愁绪，咫尺偏闻蔬果香。

踏莎行·丙申荷花节有寄

堤曲烟青，亭高波溢，蝶蜂总把金台觅。雍容洒锦几回妍，何人凝视追朝夕？

风曳罗衣，光涂湖石，焉忘去岁寻芳迹。光阴一霎傍云飞，惟添镜里千丝白。

【注】又到今年荷花节，随博友采风偶感，记之。洒锦：大洒锦，荷花的一品名。

踏莎行·向阳诗会偶得

蔬果红酣，琼杯香透，斜依朱案凝眸久。频听白发读离骚，还观翰墨书长寿。

山瑞西熏，湖珍东授，藕花犹悦灵均友。清蹊古埠慕先贤，遗风酿个冰壶酒。

【注】高邮送桥乡向阳诗社 2016 年 6 月举办了诗词吟诵会，记之。

踏莎行·丙申端午

细雨笼烟，曲蹊连阁，金堂角黍香盈桌。彩丝扣腕度端阳，绿菖熏案除尘浊。

偶见罗衣，频闻古乐，浑如屈子歌城郭。争知君去数千年，行行词赋书帘幕。

踏莎行·丙申端午诗会旧曲新唱

清曲轻弹，群燕频舞，小亭团扇如飞羽。红莲巧绣淡香来，绿裙起伏流波去。

方粽丝牵，玉瓯茶著，焦琴节拍多情愫。朱台始识板桥声，鲜花旧调伊人悟。

【注】诗会演唱了扬州清曲《粉红莲》《知心客》《耍孩儿》《杨柳青》《春调》《鲜花调》。

踏莎行·长征

险道逶迤，草原杳远，寒风猎猎旌旗卷。几番赤水渡神兵，一程雪岭通霄汉。

弹雨相行，硝烟作伴，军行万里堪为典。会师甘陕著传奇，飞霞满目香弥漫。

踏莎行·戊戌咏雪

呼啸寒风，翻飞琼雪。瑶台直下羞明月。但看一夜白梨花，堪怜几许玄冰骨。

不羡曦阳，惟留玉洁。化为素蝶梅香结。东君未至尔先行，草尖初绿遗痕没。

【注】不羡曦阳：南朝宋鲍照《学刘公干体》有"滋晨自为美，当避艳阳天"，化用之。

踏莎行·寄秋声

　　夹竹香花，广陵飞羽。沉吟骚雅悠然趣，水光山幕入诗行，墨痕未许浮波去。

　　学者精神，儒家风度。如磨如琢搜词句，觅来经典著蛮笺，扶云正踏鹏程路。

　　【注】秋声：周清溪，网名"零落秋声"。如磨如琢句：指本人在《扬州晚报》博客网上发表的《秋声改词》一文，秋声跟帖："词学之道，当如琢如磨，如切如磋"。

踏莎行·人生若只如初见

（轱辘体）

　　游舫推波，清风拂面，人生若只如初见。黄莺鸣叶悦晨曦，柳棉飞乱遮青眼。

　　桃曳香浮，茶纯意婉，崔君何故诗心转。而今春色又重来，几时寻得知音伴？

又

竹榭风熏，珠帘柳遣，胭脂一水香衣转。并莲几对惹余思，人生若只如初见。

飞燕佳姿，玉环娇眼，当年月下柔言唤。此时花馥蝶蜂栖，亭空草寂浮云乱。

又

丹衣浮香，菊姿缱绻，天高云淡青波远。画亭伫立揽秋君，飞鸿鸣断相思线。

旧作能翻，新诗难剪，人生若只如初见。偏逢桃叶渡河来，静听夫子歌声旋。

又

野鹜潜游，腊梅舒展，霞熏亭榭西湖畔。波连杏岭锦衣浮，竹摇雅苑轻歌缓。

诗赋情传，笛箫韵漫，更观流水鸳鸯伴。绿琴抒意白头吟，人生若只如初见。

临江仙·戊戌咏新

残雪遗痕渐去，清溪野鹜重来。轻寒侵得绿梅开。草尖青正染，鹊噪意须猜。

竹榭凭栏遥望，长蹊俦侣新偕。知它春信已登台。何人呼酌酒，裁句拟舒怀？

临江仙·戊戌初春独步长堤遇故人

新正长提寻胜，残寒野鹜浮波。谁人呼我水西坡？转身吾伫立，留步客吟哦。

元是弱冠故友，相逢旧地清河。卅年弹指月蹉跎。驻眸斜照晚，搔首鬓霜多。

临江仙·我为祖国写首诗

一路曦阳花叠，几回管乐声重。欣逢盛世沐春风，上天寻桂子，下海戏蛟龙。

华夏复兴梦得，人民富裕香浓。旌旗飘舞九州红，新程织锦绣，双百著神功。

【注】"上天寻桂子，下海戏蛟龙"句：指嫦娥飞船探月，蛟龙号潜水器探海。"双百"：指两个一百年目标。

临江仙·天白寿宴有贺

斜雨芙蕖凝露，小楼朱案留缘。和风漫漫淡香连，海珍闻几度，仪狄饮千坛。

桃李盈枝榜著，生辰知命莺喧。看君轻驾一兰船，前程多顺水，蓬岛做神仙。

临江仙·纳凉

绿柳轻遮摇影，粉荷重放流香。蹊边些许晓风凉，漫依如意凳，还侃复兴乡。

浮蝶粘人次第，焦琴舒韵悠扬。惹来耆叟醉当场，新笺诗句短，青镜白丝长。

临江仙·小蚕生日有贺

季夏鸣蝉高树，暑风熏绿京杭。莺歌蹊畔韵悠长。小蚕生日庆，琼阁冻醪香。

数载墨痕叠案，今朝丽影临窗。霓灯初照溅流光。诗言多趣味，翠鬟比王嫱。

临江仙·题图

初出曦阳织锦，漫熏湖水浮槎。凉风吹个荻芦斜，縠纹嫣色浸，几度笼金纱。

直看渔家撒网，须臾千朵莲花。笑颜频起对鱼虾，归船哼雅曲、挥袖带烟霞。

临江仙·仲秋自寿

金风曳柳霞千叠，清波摇绿莲黄。曲蹊趋织韵声藏，木樨熏我一身香。

又是一年秋叶老，莫嗟花甲沧桑。人生不比柏松长，何如溪水尽流光。

临江仙·遇剑石

雨筛轻润清波叠，借园锦带香风。笔毫挥出浅深红，纸边长舞蝶和蜂。

曾道苦研龙父字，几回承学师宗。如今故友又重逢，重逢皆是一耆翁。

【注】借园：画展名为"借园秋咏"。龙父：著名书法家孙龙父，剑石书法受其指点。

临江仙·月下瘦西湖

虹桥推浪芙蓉谢，清霄月白云羞。一湖光影一湖秋，驿亭卮满小笺酬。

蟾玉无端沉往事，老蛙何以声休。知君裁句为人留，维扬相赠是风流。

临江仙·同窗相聚

晓阳青柳虹桥下，清波还叠流霞。笑声欣和小溪蛙，挚情斟满案前茶。

难忘恩师勤授业，巧撑通海浮槎。如今重聚忆年华，休嗟春去尽飞花。

临江仙·拥翠

水山拥翠风光好，草蹊桃李争妍。笛箫频弄意缠绵，世人皆道可修仙。

飞燕霓裳余独醉，惹来香气盈轩。休言时节未留缘，且观灰鹭梦巢圆。

临江仙·端午扬州

郁蒸风惠勤筛雨，穹庐箫笛悠扬。翠鬟翻转舞霓裳，雪肌纤手自传香。

芦箬浅青频裹玉，更观香浸肴汤。垂髫黄发几登场，离骚诗魄韵流长。

【注】郁蒸：农历五月的别称。

临江仙

春风吹皱清溪浅，浮云涂色香腮。雪肌烟鬟画难排，靓姿惹我醉，诗赋任伊裁。

应知二八花正好，柳边轻语无猜。秋娘金缕抒情怀，天高凭鸟去，水阔揽云来。

临江仙·观梅

两岸桃颜隐迹，半溪繁叶飞空。闲行亭下一耆翁，偶观花千朵，傲雪暗香重。

纵使木凋寒气，焉能改变仙踪？长思茅屋有林公，微吟且相狎，醉个蜡梅风。

【注】微吟且相狎：林逋《山园小梅二首》有"幸有微吟可相狎，不须檀板共金樽"句。

临江仙·乐山大佛

耸入雷音施妙法，祥光摩顶青霄。俯观凡界尽喧嚣，烟熏雾起，何处得逍遥？

片帆趁水过彼岸，长听梵呗心高。须知三世果难挑，但闻四谛，惆怅自融消。

临江仙·观鱼

玉案琉璃清澈水，穿梭锦鲤缠绵。两须摆动不成眠，轻抛饵食，唼喋细波连。

凝眸一赏心自乐，几回赋得悠闲。知它亦悟结人缘，口张欲语，若个九龙仙。

临江仙·七夕偶得

庭静清风消溽暑，玉钩朱阁高悬。夜来拾趣独凭栏，片云飘忽，银汉碧波寒。

轻嗟织女情无限，隔河相望堪怜。人间乞巧梦长圆，焉知此夕，桥上泪潸然？

临江仙·溪岸听鼓

野径微风拂柳，冰轮直坠清溪。凭栏闻得鼓声飞，几回推玉掌，一霎响轻雷。

欹帽凝神扣拍，耆翁驻足相知。明皇春曲发花奇，焉能同此夜，总是惹人迷。

【注】"明皇"句，引用唐明皇击鼓一曲《春光好》催开桃杏事。

临江仙·"海底捞"用餐偶得

扶摇轻上蟠桃会，群仙相聚情浓。双锅香气绕台中，频挥玉箸，醴酒品千盅。

何时卷帘凭空落，几番变脸神功？休言萧瑟乱云重，绿扬城外，些许宴香风。

【注】"何时卷帘凭空落，几番变脸神功"指席间，有凌霄殿卷帘大将，表演变脸神功。

鹧鸪天·闲步古运河畔偶得

柳杪灯熏隐彩霓，清波月坠碎罗衣。驿亭骚客西风赋，苔径姮娥玉笛吹。

观斯景，惹沉思，霜涂鬓发独心知。莫言青帝经年至，水逝流光总不回。

鹧鸪天·中元节

曦阳初照小楼红，驾车寻得菜蔬丰。佳肴锦色呈朱案，醴酒清香祭祖宗。

苑依旧，绪千重，焉忘昔日育雏功。孔方几叠青烟起，梦里蓬壶云影中。

【注】"孔方"句，用元好问《清平乐·夜宿奉先，与宗人明道谈天台胜游》有"梦里云装烟驾，倚天云影西东"句，化用之。

鹧鸪天·观隋炀帝陵偶感

浮云环绕石坊孤，小桥清水縠纹涂。风凋碑字墨痕隐，雨洗层阶人迹疏。

土冢立，帝魂拘，烟花未见草荒芜。行来欲觅杨英事，野鹊翻飞松几株。

【注】杨英：杨广，一名杨英。

鹧鸪天·访阮元陵园

立马青蹊自御风，碑雕赑屃意相通。官声廉洁名金殿，家治和谐慰庙宗。

德星驻，宰臣封，三朝阁老惠民功。如今荒草坟头没，梅雨飘潇燕子空。

鹧鸪天·贺扬州诗协成立三十周年

　　卅载芜城文苑中，百花争艳此相逢。黄衣鸣翠惹人醉，彩蝶浮香入味浓。

　　寻秋色，剪春风，搜来平仄墨飞龙。须知古邑灵均在，便得诗音韵几重。

鹧鸪天·国医馆扬州夏日音乐晚会

　　勤拨丝弦韵绕梁，洛兵一曲味难忘。但听紫旭真情意，还睹杨君吟诵长。

　　扶玉案，品茶香，浑如刹那入仙乡。骚人相聚追先哲，漫浸荷风纳晚凉。

　　【注】受邀参加由市旅游局、晚报社、市作协举办的《扬州的夏日——擦星星的人——围炉民谣，唱给孩子们的诗》纳凉晚会，记之。洛兵：藏名，扎西茨仁，诗人、音乐家、作家。紫旭：苏紫旭，诗人、乐队主唱、吉他手。

鹧鸪天·神农草园

野绿连天映夕阳，紫薇润色缀篱墙。才听仲景说医论，又伴濒湖验草方。

追千古，觅三皇，内经奇著出安康。偶行小苑如佳梦，频沐清风一路香。

鹧鸪天·歌舞《春江花月夜》

乘鹤天孙瑶阙来，伯牙伴奏韵和谐。玉葱频点舒香袖，罗伞轻移羞粉腮。

银幕转，绛花开，风流千古绕琼台。凝眸扶案浑如梦，鱼贯清姿拟入怀。

鹧鸪天·音乐情景剧《伢子学诗》

细品唐诗情趣真，旁听伢子亦留神。牵衣几度童心稚，绕父三周印足痕。

思古韵，去嚣尘，灵均独铸雅风魂。汨罗拟拜清波远，何若身边那个人。

鹧鸪天·朗诵诗词

身着旗袍晚清风，黄笺轻展墨飞龙。洪钟声出壮心远，绿叶莺啼雅韵浓。

入佳境，御长虹，引吾品得味千重。骄阳不觉西山去，留得浮云绕碧空。

鹧鸪天·听昆曲有感

几束虹霓射绣装，七弦同奏绕琼堂。勤挥纸扇玉葱白，还舞罗衫倩影长。

品醴酒，吊昆腔，广陵一曲说秋霜。西风落木寻常事，休学顾君神自伤。

【注】其歌词为唐李颀的诗《琴歌》。"广陵一曲"句：《琴歌》诗中有"请奏鸣琴广陵客"句。顾君：指李颀。

鹧鸪天·扬州评话《广陵散》

款步登台数载功，官私两白味无穷。住眸一刻相如韵，挥手须臾名士风。

新玉案，旧书宗，珠玑口吐小桥东。嵇君绝响传千古，直抒余音说老翁。

【注】2017年7月28日在瘦西听马伟扬州评话《广陵散》记之。官私两白：指扬州评话说表语言的官白与私白。

鹧鸪天·中华诗词学会高层
与扬州诗友见面会

条幅熏来一屋红，玉台几度泛香风。裁诗须有三分趣，言道长舒独步功。

开视野，理蒙茸，古今骚客韵相通。京都人士勤教授，赢得芜城兴味浓。

【注】2017 年 7 月 28 日，中华诗词学会副会长赵永生、林峰峰、秘书长黄小甜来扬，在扬州政协会议厅，讲述诗词创作经验，并与扬州诗友互动交流，记之。

鹧鸪天·听扬剧偶得

玉砌层层连曲廊，幽蹊隐隐浸荷香。闲行直听丝弦奏，驻足凝观线谱长。

纤指点，绛唇张，便飞银纽绕朱梁。何时野鹊檐边转，沉醉仙音仿此腔？

【注】银纽：指扬剧曲牌银纽丝。

鹧鸪天·运河暮色

隐去斜阳暮色浓，叠云一霎化霓虹。街灯射绿织罗帕，流锦沉波连碧空。

桥点缀，舸相逢，更听击鼓韵千重。长依老树观斯景，频得青帘卷晚风。

鹧鸪天·夜览风光带

幽径连波柳叶横，小亭曳影坠云醒。暑风摇树输蝉韵，水岸流光碎画屏。

朱门出，玉阶明，短衣频浴月和灯。捋须勤看蓬壶境，且有笙歌伴我行。

鹧鸪天·大暑有记

午后惟闻一树蝉，金乌直射倦青颜。蜻蜓未展香衣翅，鸬鹚休鸣炎热天。

风不至，夜难眠，溪亭避暑水潺潺。归来米粥山珍味，纸扇轻摇心自宽。

鹧鸪天·小饭桌

陋室相逢尽笑颜，移来条案品蔬鲜。一盅绿蚁清香气，几句风骚潺暑天。

惜炀帝，说平山，小城故事任裁删。人生皆作红尘客，此夕舒心即是仙。

鹧鸪天·建军 90 周年阅兵

点兵沙场一目新，硝烟叠起接流云。风驰铁甲军魂著，日照鹞鹰紫气熏。

观银幕，数家珍，红旗环绕定乾坤。挑帘看剑寒光在，直拒乌霾入国门。

【注】建军 90 周年阅兵式在朱日和训练基地举行，记之。红旗：指红旗导弹。

鹧鸪天·与阅读会朋友相聚有得

圆案轻移竹箸长，九珍传递自流香。玉葱频点飞燕色，罗袖勤挥梅氏腔。

吾谢女，汝檀郎，直敲瓦缶胜箫簧。怡心一刻垂髫意，偶卷珠帘星满窗。

鹧鸪天·东关城门火灾有感

古邑城关月色流，祝融怒目立门楼。凭空玉柱化灰烬，乘势乌烟遮眼眸。

军士至，火光收。几回障气傍风休。高檐此难何因起，一夜朱颜化白头？

鹧鸪天·戊戌岁末诗友小聚

一辇乘云不畏寒，琼林摆宴九珍鲜。漫侵香气佳醅酿，聆听幽篁夫子言。

玄都里，蜀山边，直看潘鬓结诗缘。催开桃李三千朵，须信黄鹂枝上喧。

鹧鸪天·扬州好

绿树成荫野鸟喧，阆园盈眼李桃妍，曦阳初出红云叠，水榭还闻香气连。

运河长，画舟欢，银筝轻拨韵飞旋。广陵自古繁华地，更看今朝胜往年。

又

纤指轻移韵味浓，几回雕板趣无穷。历朝往事记何处？数卷书文凝漆瞳。

传国粹，沐春风，振兴邗上正途通。文明赢得全球客，总把相思寄一鸿。

鹧鸪天·泸州老窖

千里犹闻窖酒香，须臾银燕至川乡。金樽漫品时人悦，古邑重看国粹藏。

名惟一，宝成双，源头悠远接秦唐。复兴华夏泸州起，画舸乘波向晓阳。

鹧鸪天·武汉解封有记

春色酣然香气多，武昌封解燕穿梭。霓灯幻化蓬壶境，晓日熏蒸江汉波。

驱瘟疫，布云罗，白衣逆行去沉疴。直看蝶舞敷人面，一路繁花一路歌。

玉楼春·装潢

风曳香樟熏玉阁，紫气袭来人已觉。凭空青鸟织祥云，一霎陋墙涂锦箔。

纤手轻挥山水落，银灶初开丹火灼。闲依朱案绿茶香，漫品心舒惆怅莫。

玉楼春·团拜

时雨已过青鸟舞，风绕琼楼香暗度。玉糕金橘叠朱台，拱手相逢言肺腑。

苍帝悄然春色著，华岁留痕诗曲赋。斜依圆案至黄昏，歇拍犹闻天籁语。

玉楼春·抱琴觅知音

溪柳扶风青杪起，桃杏留香春色里。水清桥静影推波，莺啭叶摇人欲醉。

独倚木栏心远系，长记鱼书情未已。抚琴一曲觅知音，何处伊人心自喜？

荔子丹·高邮灯具产业创业四十年

翠菊香风染送桥，湖水若佳醪。拱门龙凤舞朱阁，传欢语、瑞气绕青霄。

秦邮卌载聚灯潮，照得夜熔消。纵是环球天地阔，亦输他、化蝶逍遥。

荔子丹·女排夺冠有感

相月秋风里约熏，流火湿丝巾。赛场红甲铁拳劲，球过网、气势亦称神。

呼声直入九霄云，几度付情真。一曲天音平地起，展旌旗、满宇氤氲。

荔子丹·小志愿者

阆苑梅花暗抒香，琼阁正初妆。绛旗轻舞稚童善，搀翁姬、积德复名扬。

神州十亿始炎黄，亚圣著文章。敬老良言传后代，若江波、千古流长。

【注】小志愿者：指连福社区成立的"'福娃'小小志愿者服务队"，有儿童组成，慰问空巢和孤独老人。亚圣：孟子。"敬老良言"句，指《孟子·梁惠王上》"老吾老以及人之老，幼吾幼以及人之幼"句。

荔子丹·乙未端午诗会 三首

城楼赋诗

满目旌旗卷宋城，湖碧影重生。楚衣轻着越千载，寻陈迹，思古意堪成。

琼台一曲绿琴横，玉落案香盈。击拍凝眸人独醉，更云鬟，几许莺声。

蒲月怀古

仲夏榴花万点红，青箬裹香浓。锦囊飞虎醉俦侣，争相视，若个味难终。

浮云叠起柳丝丰，琢句翠园东。几缕诗音怀屈子，者波流，似见虬龙。

长廊猜谜

曲径幽深筑玉廊，檐角泻流光。细绳悬着百张绢，皆谜面，阆苑又添妆。

者翁竟取未彷徨，兴味伴蒲香。偶得笺藏心惬意，且风涂，草绿云长。

山花子·西郊听歌

雏菊频开袖浸香，西城焦尾韵飞梁。偶向银屏凝目看，絮丝长。

但念韶华多曲直，焉知黄发又神伤？纵是姮娥瑶阁至，亦心凉。

山花子·壶园小聚

陋室相逢趣味多，奇珍香气透丝罗。绿蚁几盅心可抒，自吟哦。

分韵方知才不济，听琴始识月消磨。嗟叹光阴如箭矢，奈它何？

清商怨·寒雨

推窗珠粒千颗坠，浸湿条案纸，黄叶翻飞，尽为萧瑟味。

纵是木莲花蕊，怎敌它、漫天寒气。不见鸣鸠，愁心何处说。

采莲子

一水圆青笼碧纱，煦风吹得彩莲斜。
画舟似叶穿梭过，笑语惊飞几片霞。

采莲令

曲蹊长，云坠清溪底。和风拂、縠纹轻起。几回锦蝶弄罗衣，欲与谁争美？凝眸处、圆裙润碧，流香醉客，午莲千朵呈瑞。

一睹芳容，始信独领清高气。沉泥出、拒沾污秽。向阳舒展，直酿得、水澈如佳醴。仁观久、频添爱意，惟移陶缶，若个玉妃相系。

孤馆深沉·悼蛙

梅风漫浸藕花香，蛙子戏流光。趁绿色罗裙，独探足边，魂断蹊旁。

一缕魄、远飞西界，向八德池长。意悲切，叹伊离去，直听经念禅乡。

【注】闲游荷花池公园，举步时一蛙跳入脚底，踏之，心有不忍，乃记之。

孤馆深沉·雨中行

飘潇落木度寒风，楼阁冷烟中。更夹竹流珠，老柳曳条，舟隐河东。

拟远去、独登金辇，向曲径重重。纵行缓，漫天霜气，几番敷面耆翁。

卜算子·赵钲画展

乱梅傲岁寒，一笔熏人暖。更有金羊纸上来，惹我凝心看。

神气化巧珍，意兴堪超远。欲请丹青谨戢藏，揽尽春深浅。

卜算子·咏粽子

　　摘取碧溪芦，裹却羊脂谷。漫浸琼浆炉火煨，待尔锅中熟。

　　轻解彩丝绳，缓剥青莲服。腻玉浮香绕翠园，食一还须续。

又

　　小屋绕熙风，朱案叠青粽。啖罢香团念屈君，一霎翻成梦。

　　君已御龙去，吾正思潮涌。犹听怀沙江岸吟，翘首浮云动。

一斛珠·乡村即景

野田风曳，金波起伏遥相寄。引来蜂蝶痴心系，拟着罗衣，妩媚留东帝。

下界小娥偏有意，芳丛独立收香气。绛红一点黄花里，泼墨笺图，恰是醅春地。

【注】小娥，三月桃花花神戈小娥。

一斛珠·游地藏寺偶得

长桥独步，遥观金殿穿云路。禅音拟听无人顾，恰是新修，菩萨皆重住。

唐代远追楼永固，频遭战火摧高柱。待闻佛法红尘度，瑞气盘旋，直沐甘霖雨。

减字木兰花·看方舱医患共舞偶感

舞姿正火，医患同娱何不可。体健心和，自有中华妙手多。

瘟神休惧，直看金鞭除障去。须信春光，疫后烟花依旧香。

减字木兰花·垂钓

凭栏注目，只信游鱼思饱腹。几粒浮标，下坠斜提意未消。

春光似好，闲适休忘遮口罩。澄练龙藏，钓得河鲜分外香。

家山好·偶感

莫言尘世彩云飞，溪波绿，藕花奇。 吾观景色心无趣，鹊声低，柳枝折，笛音迷。

应知年少风光好，耄耋昨今非。春华水逝，惟留白雪染青丝，虚空玉璧移。

少年游·二月二郊外行

频闻锣鼓韵飞扬，元是舞龙场。逶迤鳞身，扶摇鹿角。鹰爪笼云长。

着意北郊寻胜迹，御辇入农乡。搜得民风，自怡情趣，休负这春光。

杏园春·再题连福社区情人节

红花漫染琼楼，银窗浸透光流。朱堂执手语温柔，若莺喉。

还观白发牵衣袷，并莲倩影长留。梅香千缕欲相酬，味难休。

好事近·一隅风雅群己亥迎新春

有约贺新年，趁得银屏相聚。直看五湖来客，一见浑如故。

漫吟三百起诗风，引个春光驻。夜半满天霜露，几点星辰妒。

雪花飞

携杖飞英抚面，天教种玉人间。倏忽浑如梦幻，疑入梨园。

思得琼楼去，驱它一路寒。闲酌佳醅几盏，若个神仙。

人月圆

仲商香气熏高阁，明月隐晴霄。流光浸瓦，凉风透户，皆是秋邀。

且依时节，骚人一聚，醉个淳醪。始知缘在，初心有迹，圆梦今朝。

蝶恋花·四君子酒

单县醴香华夏漫，只嫁东风，菏泽留青眼。把酒言欢三百盏，平生得意金难换。

君子四人情不浅，几度裁诗，丝路相传远。文化交融民俗暖，振兴海岱红旗卷。

【注】"把酒""平生"句，李白《将进酒》有"人生得意须尽欢，莫使金樽空对月"，"烹羊宰牛且为乐，会须一饮三百杯"句，化用之。

蝶恋花·滔天生辰有贺

凭槛遥观天府路，银轨延伸，直载真情去。又思白云多得趣，纠偏细琢长相遇。

蒲月莲花开几许，群蝶浮空，竟日为君舞。更有青鸾飞绿树，蟠桃频献清香著。

【注】白云：指白云城论坛。

蝶恋花·游园有得

两岸风熙频叠翠，谁着青花，春苑争柔媚？轻绾鬓丝愉未已，红鹃敷面留人醉。

斯景牵吾沉梦里，昨日韶华，一霎成追记。休叹光阴如逝水，且尝绿蚁清滋味。

【注】青花：青花旗袍。

蝶恋花·己亥岁末飞雪偶得

昨夜悄然藤六至，驾得寒风，若蝶生飞翅。破晓冥迷难远视，却闻次第清香气。

独步阖园皆隐翠，直看瘪仙，欲裹绫纱醉。斯景入眸思绪起，飞琼潘鬓浑无异。

蝶恋花·玉茶坊品茶偶得

霜发闲登琼阁处，杵臼相逢，龙井须重煮。朱案飘来香几许，浸吾衣袖怡心户。

翻盖金盅呈玉露，绿茗新尝，惹得神仙妒。不觉莺啼惊薄暮，更观天际飞红絮。

【注】杵臼：杵臼之交，这里指朋友。

摊破南乡子·闻儿春节去异地有寄

冻雨袭维扬，催隐豕、新岁登场。听得吾儿驱千里，度春异地，喜忧参杂，几许彷徨。

卅载似难忘，走南北、真个思乡。莫嗟巢筑何生变，飞鸿有志，天高道远，一任疏狂。

摊破南乡子·诗友小聚

一屋绕梅风，霓灯泻、故友重逢。直看九珍香气袅，青娥侍席，吟诗几度，品酒千盅。

莫道正严冬，得知己、春意初浓。似同壁画生仙境，浑如蝶化，韶华依旧，暮雪无踪。

摊破南乡子·庚子岁末有奖

收得一书红，驱寒雨、不负文功。四君琼浆勤相慰，约同快递，飘香邢上，报信春风。

记得乘天中，裁诗句、趣味颇丰。骚人何处曾留迹，庄周化蝶，翻飞尘路，萦绕山东。

菩萨蛮·早茶偶得

菊秋闲步秦淮早，翠眉些许琼壶泡。凝碧着轻香，细尝尤味长。

苍颜扶案立，搔首说平仄。文气接朝曦，时人心自怡。

菩萨蛮

夕阳脉脉颜如血，落霞欲泻榴花叶。仲夏寄清风，何人思正浓？

引望难执笔，终为千山隔。乘梦得相逢，相逢白发翁。

谒金门·残荷

秋水碧，风与芙蕖朝夕。闲步南湖思胜迹，未许芳踪觅。

季暑清漪蕊立，此刻已难追惜。欲著西风平与仄，情深无梦笔。

一剪梅·偶观古运河岸沙雕有感

古渡寒波垂柳摇，轻舒翠竹，略隐沙雕。芜城历历眼前过，千载时光，几许汀皋。

塑壁祥观意趣高，重见民情，还著风骚。老夫浑若醉浮云，穿越时空，忘却今朝。

一剪梅·细君和亲

旌旆连天北地春，踌躇锦轿，窈窕佳人。远行万里泪沾巾，为固江山，独嫁乌孙。

思念故乡几欲昏，手嵌灵石，笔赋骚文。遥观黄鹄信难寻，惟作悲歌，留憾终身。

青玉案

偏逢春色熏琼苑，拟寻迹、看飞燕。争奈闲行休去远，轻遮口罩，难观人面，界外须相断。

勤开银幕留青眼，遍地英雄斗瘟患。莫若宅家凭玉案，毛诗重读，清茶长伴，琴瑟同朝晚。

赞成功·闻武汉方舱医院休舱有感

李桃结露，鄂水熏香，青鸾传信已休舱。夜披明月，晨沐曦阳，征衣数万，斗疫疆场。

疾患除却，春色悠长，笑颜频见意飞扬。足痕犹在，史册流芳，且弹一曲，拟慰炎黄。

清丽双臻·秋游瘦西湖

吴地金风劲，西湖水瘦菊花黄。古榭浮波园馥郁，老松倚石柳飞扬。闲步草蹊中，红桥帘影妆。

山隐秀，桂流香。十里楼台兰棹远，千重玉笛曲音长。尽揽秋光无限意，翻疑魂梦入仙乡。

何满子·登山·兼寄玉蟾生辰

夕照金山古意，绿苔麻石红桃。倚栏犹瞰西湖瘦，柳烟浓淡虹桥。忆昔波徐琴动，晚风闲坐思遥。

焉道韶华老矣，拾阶何惧身劳？芙蕖携得君前醉，有香来伴峰腰。堪叹彩云依旧，小亭回首松高。

河传·晨风寻迹

溪静，浮影。石桥东，李紫桃粉香浓。凝露青树烁光重，蝶峰，翻飞金蕊中。

偶踏晓风寻胜迹，思往昔，飞燕抚琴急。过云烟，二毛连，无缘，独留天籁弦。

河传·湖波夕照

烟树，飞鹭。石榴香，楼阁遥接夕阳。扁舟一叶泝流光，路长，脂涂湖胜妆。

凭栏阆苑心欲醉，难搜字，裁句记斯意。惠风过，片云多，摩挲，柳条轻点波。

河传·古渡清风

古渡，闲步。柳依依，火镜涂彩云飞。漏脂琼镜縠纹稀，莫奇，更听青鸟啼。

翠堤伫立思旧事，梦迢递，若个霓裳戏。鬓丝多，岁如河，奈何，任他颜醉酡。

河传·邗沟闲步

风惠，桃坠。玉亭孤，碧镜霞绕脂涂。两岸烟柳鹭羽舒，鲤鱼，沉波堪自愉。

曲蹊缓步寻嘉迹，尚知悉，春秋筑城驿。叹时光，逝水长，难忘，古沟花正香。

河传·柳岸裁诗

柳岸，闲看。李桃开，春色漫涂花台。飞燕摘蕾作金钗，粉腮，靓姿迷客来。

更闻盈盈传笑语，有佳侣，玉手蝶儿数。碧溪东，水榭空，老翁，揽香裁句中。

河传·落花成泥

园绿，风沐。暮时春，苔岸红落纷纷。季节转
移伊断魂，颓身，离枝翻作尘。

姹紫三千蝶曾妒，香长著，骚客频相顾。碧波
流，韶华休，空愁，独留诗句酬。

河传·驿亭听笛

日暮，闲步。翠堤边，青箬风曳波连。些许清
风拂云闲，径弯，偶听琼笛旋。

阳关一曲声委婉，空缱绻，若个离魂断。叹人
生，意难成，绛英，别枝堆满庭。

河传·角黍飘香

　　端午，瓜渡。柳帘飘，芦箬深浅若潮。轻摘千叶情趣高，终朝，粽香飞碧霄。

　　雄黄绿蚁驱邪湿，惹骚客，依韵赋琼笔。一轮西，青鸟啼，红霓，晚来堪作迷。

河传·观荷有感

　　堤曲，轻足。睹清波，圆绿摇珠润荷。觅香蜂蝶几多多，香过，引来几玉娥。

　　精阳风惠连天碧，争朝夕，千点白红熠。水中泥，若黑糜，藕奇，秽污焉着衣？

河传·湖岸偶思

曲径，莺醒。惠风斜，柳杪摇绿如纱。驿亭焦尾著流霞，清嘉，醉它栖树鸦。

玉阶为凳且轻坐，金燕过，更思旧莲朵。叹光阴，鬓毛侵，春心，去云何处寻？

河传·滔天生辰

水碧，曦出。白云城，苔绿花红域明。柳杪轻曳悦黄莺，盈盈，随风传雅声。

几载盘桓与君识，说平仄，解惑于朝夕。挚情珍，贺诞辰，觅文，鹤颜人永春

河传·月下笛幽

明月，如雪。藕香稠，风送竹笛声幽。闲步曲径寻小舟，悠悠，桨花随碧流。

凝眸夜色思旧事，长相记，柳杪莺言说。二毛生，时序更，娉婷，悄然成落英。

河传·荷塘鸣蛙

竹静，园影。月光侵，圆绿水碧蹊深。鸣蛙叶下若抚琴，清音，风传舒客心。

遥想玉阙伊永住，问何故，贬落红尘路？驿亭边，蒲草前，不眠，自愉休羡仙。

河传·影园霓裳

场阔，风拂。柳青酣，丝髻深浅霓衫。焦尾流水悦心添，意甜，频挥琼指尖。

伫立玉阶观斯景，童趣兴，扣拍入情境。鹭高飞，云缓移，韵迷，影园摇影西。

唐多令·拜月偶感

冰魄挂城头，青叶寒露稠。绛珠悬，光耀重楼。拜月台前香袅绕，频祭祀，意难休。

琴瑟漫中秋，木樨香气流。想寒宫，依旧云悠。起舞姮娥斟桂酒，留一盏，慰耆叟。

唐多令·观瘦西湖芍药偶感

流水落霞红，金珠缀粉浓。这琼枝，香透千重。
蜂蝶纷飞西子面，阆园静，帝乡风。

漫步曲蹊中，寻芳意未穷。睹玉容，又记韩公。
鸿运攒花堪可得，浑若此，几人逢？

【注】金珠：指芍药金带围珠状颗粒。韩公：指四相簪花的传说。传说北宋韩琦任扬州太守时，后花园中的芍药一枝四岔并同时开花，花瓣呈红色，一圈金黄蕊围在中间，被称为金缠腰，又叫金带围。韩琦便邀王珪、王安石、陈升之一同观赏。韩琦剪下这四朵金缠腰，在每人头上插了一朵。说来也奇，此后的三十年中，参加赏花的四个人竟都先后做了宰相。

唐多令·水榭听曲

青柳旧廊侵，碧波新藕临。榭浮波，频递焦琴。
千百珍珠盘底落，曲几个，韵浮沉。

听玉阙仙音，看熙风绿林。倚栏杆，击拍舒心。
堪赞芜城多趣味，春不老，岁如金。

唐多令·偶感

绿色溢汀洲，晴光付水流。更和风、吹动兰舟。
凭槛清河潘鬓白，縠纹曳、似难收。

偶念旧春秋，长观新绣球。暑寒移、代谢无由。
笑对浮尘多变幻，且作个、一闲鸥。

唐多令·得《华夏诗潮》杂志有感

千里寄青编，几回著笑颜。借春光、一展黄笺。
风雅轻吟频得趣，谪仙在、意相牵。

遥望蔚蓝天，长思华夏坛。算而今、弹指三年。
旖旎前程花似海，端的是、鹿鸣园。

唐多令·假日偶得

枯草隐秋虫，飘黄共北风。水亭间、菡萏无踪。
古渡小船衰柳系，縠纹起、乱虚空。

但嗅桂香浓，长观枫叶红。想韶华、尽付流淙。
暮雪青丝移换急，拄藜杖、望云重。

唐多令·雁语

幽径着花勤，垂条开眼新。雁归来、阅尽芳尘。
振翅青天千里路，穿烟雾、沐晨昏。

一诺化愁根，传书未及人。历五湖、负了三春。
驾得浮云回故地，料羞见、意难陈。

唐多令·帖老八十大寿有贺

　　月季玉楼妆，金瓯琼液香。案轻移、海味新尝。
犹记银屏勤转换，闻笑语、读华章。
　　瑞气绕东厢，霓灯泛紫光。只看他、彭祖眉长。
但得善行多福报，南山柏、向曦阳。

唐多令·立秋偶得兼贺山中夫人添孙

　　圆叶绿清流，丛枝红石榴。望巧云、又是初秋。
丰瑞馨园尝醴酒，酌千盏、醉琼楼。
　　曲韵亮歌喉，霓灯染白头。却山中、翠鬓香稠。
始识添孙多得福，天伦趣、笑声留。

唐多令·中秋乡村行 两首

丰收有记

原野阡陌长，鸠声意未央。况西风、一路梳妆。
时见凭空金浪起，悄闻得。几回香。

轻踏绿蹊旁，漫观稻菽黄。铁牛忙、食尽秋粱。
更看媪翁堆笑脸，浑如是，少年郎。

野花秋色

浮蝶舞西东，苔埂摇白红。且看它、星点蒿蓬。
趁得烟花皆去矣，清商至，独香浓。

知我此相逢，有心遗艳踪。负曦阳、尽显芳容。
始识野英留傲骨，御寒气，比梅松。

唐多令·吟诗听琴

席上友相逢，欢言添几重。品杜康、笑靥涂红。
兴起吟哦名士赋，轻叩案、闭青瞳。

忽听小楼东，长流古韵风。怎奈他、音绕难终。
犹觉归来声在耳，端的是、悦耆翁。

唐多令·诗友相聚文昌社区

阆苑桂飘萧，幽蹊地湿潮。看小楼、白发挥毫。
解得千行风雅趣，仿六一、度今宵。

趁得叠云高，长思盛世交。莫问他、筛雨勤浇。
且煮柳眉香透案，琐窗下、意逍遥。

唐多令·忆端阳

湖碧映垂扬，风清泻绿菖。步苔堤，几近端阳。
犹记龙舟行浪急，勤挝鼓，碎浮光。
酒烈著雄黄，箬青角黍香。又经年，别有思量。
遥望鹭鸥频掠水，云依旧，鬓丝长。

唐多令·纪念汪曾祺诞辰一百周年

古驿溅清香，澄河沐晓阳，这黄莺、舒韵悠长。
只为汪公趋百岁，携春意、饰邮乡。
挥笔著华章，抒情悦小康，品字文、始识衷肠。
逝水留痕须汲取，乘兰舸、看流觞。

山亭柳·祭母

青抹茅山，李柳正春颜。临石墓，苑余寒。祭祀彩花香郁，念怀慈母情牵。未待羊来人去，噩耗天翻。

莫忘长说艰辛事，时乖更恨月难圆。伤心处，泪潸然。米寿飞霞驾鹤，暮冬玉阙登仙。此刻音容不在，惟见浮烟。

朝中措·戊戌岁末飞雪

漫天白蝶下凡尘，阆苑尽铺银。无赖顽童抱雪，捏团飞弹殷勤。

有心踏屑，流溪难辨，野鹊同巡。直看梅花素裹，幽香几缕藏春。

朝中措·忆土坝茅屋

幽蹊苔印接茅庐，丛草听蟾蜍。屋后瓜藤几许，黄花次第生无。

鸟巢寻迹，金蝉噪耳，果老骑驴。欲问旧痕何在？高楼林立云疏。

【注】少年在扬州土坝度过，当时的小山如今已不复存在。那时的点点滴滴至今难忘，填词记之。

南乡子·吟月茶会

皓月浮空，玉案调茶碧水东。紫阙婵娟纤手腻，袍红，一缕香波入口中。

暗视秋瞳，更听莺言兴味浓。奢想若能归旧岁，扶风，舒翼双飞桂子宫。

【注】袍红，指大红袍茶叶。

南乡子·文体协会送书社区偶得

古巷幽深，一缕朝曦小苑侵。缓踏琼阶观玉案，舒心，耄耋开怀贵若金。

胜迹何寻？始识书香傍菊临。休道礼轻诗几叠，秋吟，堪比相如绿绮琴。

南乡子·萧后凤冠

熠熠金钿，几缕祥光绕眼前。玉树镶珠尊贵气，初看，始识皇宫凤后冠。

远溯当年，似见伊人比翼缘。争奈霎时家国破，如烟，些许花枝默默言。

【注】扬州博物馆展出 2013 年在曹庄隋炀帝墓出土的萧后凤冠，十三花枝，熠熠生辉，观后偶感，记之。

南乡子·登山有寄

独步琼阶，足底生风叠石斜。夕照山亭秋色著，流霞，野鹊啼枝意未赊。

拟觅芳华，落叶翻飞老树遮。长思往年人惬意，观花，情醉南山笔走蛇。

【注】重阳日，独自登瘦西湖小金山有感，记之。

南乡子·歌舞《沁园春·雪》

漫舞罗纱，紫阙凭空偶散花。北地风光随韵转，云斜，起伏青鬓走玉蛇。

一霎飞霞，又见毛公王气赊。旌旆卷来新世界，词嘉，谁个心高比汝奢？

南乡子·弹词《蝶恋花·答李淑一》

曲韵悠扬，独坐轻弹锦绣妆。万粒珍珠敲玉磬，情长，歇拍犹闻一地香。

复品词章，恍若寒宫见柳杨。千盏桂醪无去意，休忘，人世曾经几断肠。

南乡子·独步水岸

曲径草香浓，些许梅桃蛱蝶逢。垂柳眼开熏祖绿，蒙茸，编个青帘入漆瞳。

闲步沐清风，尽得春心一水东。莫道倚栏多寂寞，流淙，野鹭翻飞点碧空。

南乡子·露天电影

夜色笼蹊边，银幕轻开老树悬。光束隔空投倩影，连绵，移得瑶池入梦间。

凝目莫思眠，只为名家演艺牵。又记弱冠寻乐去，堪怜，席地长观若等闲。

【注】记得上世纪六七十年代，观看露天电影是常事，现在重新看到颇觉新鲜，记之。

南乡子·雨滴芭蕉

细雨滴芭蕉，凭槛方知一地潮。黄叶忽然敷面坠，飘摇，疏影西风味不调。

须记绿枝条，若个青罗映小桥。莫叹四时轮换急，凌霄，总把春光付碧桃。

望梅花·虹桥坊看送春联偶得

曦阳敷面，画案红笺铺遍。直挥毫、翰墨香气溅，虹桥新馆。书得玉联神女转，赠客千回未倦。

暮冬思远，忽念孟公留典。旧年辞、佳节桃符撰，一舒心愿。谁与传承犹缱绻，紫殿茆庐都见。

【注】孟公留典：相传五代后蜀主孟昶。他在寝室门板桃符上的题词："新年纳余庆，嘉节号长春"，是中国最早的对联，也是第一副春联。

垂丝钓·闲步江堤

闲行苔路，直观新笋斜竖。大蓟红繁，浮蝶无数。云飞处，望获波青浦。夏初顾，正意杨雪舞。

嫣然桃李，须臾尽坠尘土。莺留几度，未止东君步。莫问流光去，凭老树，且自寻钓趣。

看花回·灯节有寄

　　火树生辉老阁连，檐下流丹。一街欢语金钗叠，且玉灯、尽去春寒。香风勤拂面，几许缠绵。

　　高仰冰蟾夜幕悬，似妒人间。更乘云舫红尘落，欲邀吾、举盏赋闲。任他新岁至，丝白三千。

　　【注】农历正月十三，东关街观灯有感，记之。

浪淘沙令

　　阁雨柳丝垂，瀑挂珠飞，清清潭上雪莲低。青鸟徘徊寻觅处，岸芷烟迷。

　　把酒忆芳菲，深挚难追，落花流水恨春离。云绕蜀山归去也，却又相思。

鹊桥仙·七夕

　　清风扶槛，香醑盈盏，遮莫银璜暗度。未知星汉碧波寒，怅几个、羽桥为路。

　　少年稚气，葡萄青涩，系得藤边私语。沧桑牛女又相逢，纵有梦、归来何处？

鹊桥仙·七夕有记

　　栏凭朱阁，云笼银汉、一霎鹊桥横跨。天孙河鼓得重逢，便了却、相思月下。

　　笙歌叠起，玉钗频挂、金母轻装临驾。从今恩准尔牵衣，偏成个、千年佳话。

小重山·寻踪

春拂西湖杨柳青，绿波衔野趣、绕长亭。闲搴兰棹碎霞明，归来也，芳意共余行。

何处舞娉婷，清姿应醉我、和声盈。吟心未肯觅鸥盟，水云影、堪笑玉华生。

小重山

嘉澍随风入夜来，悄然滋草木，涤尘埃。司晨啼醒旧亭台，似言道、槛外正梅开。

拄杖着芒鞋，仰头淋露滴、净心斋。一程漫步几千阶，搜流潦、酿个酒相偕。

虞美人

　　中原逐鹿佳人泪，情挚谁能记？虞姬起舞慰夫君，不敌汉家良策、虎狼军。

　　楚歌四面西风冷，离别衣难整。可怜香陨大江边，千载流波犹奏、那时弦。

　　【注】佳人泪：苏轼《濠州七绝·虞姬墓》有"帐下佳人拭泪痕，门前壮士气如云。仓黄不负君王意，独有虞姬与郑君"句。

虞美人·书画笔会观感

　　拾阶偏得香风泽，元自朱台出。淡浓颜色着金盘，一霎虬枝横案、几勾连。

　　缓移锦袖梅英赤，斯处留芳迹。信他施法绿丛醒，槐夏春花盛放、绕琼庭。

又

凝观纸上频生竹，滴翠沾吾足。碧枝繁简曳东风，劲节长留赞誉，任虚空。

凭栏几缕流香沐，人可除凡俗。始知清瘦若婵娟，倚石轻摇凤尾、傲霜寒。

【注】人可除凡俗：宋苏东坡诗有"无肉令人瘦，无竹令人俗"句。清瘦若婵娟：清·戴熙《题画竹》有"待到深山月上时，娟娟翠竹倍生姿"句。倚石轻摇凤尾：清·郑板桥《题墨竹图》有"雨后龙孙长，风前凤尾摇"句。

又

慢移罗袖龙蛇走，翰墨堪为友。云流水去著香痕，惹得凝眸几度、近黄昏。

挥毫四体皆循法，朱印须重压。兴来还结冻醪缘，若个怡心悦目、地行仙。

虞美人

曦阳初出云霓破，染个红梅朵。推窗犹觉几丝寒，长听野莺频噪、小楼前。

轻携领带香环指，已去风流矣。纵然青柳拟熏春，也是空留记忆、鬓霜人。

虞美人·观赏黑天鹅有感

青湖风皱沉云碎，俦侣情难已。灵犀一点意相通，岁岁成双不弃、若初逢。

胭脂重抹唇儿赤，作个瑶池客。凤头同抵爱心呈，惹得子鹅环绕、水龙醒。

虞美人·偶至"有琴有衣"艺苑 两首

听琴有得

一帘细雨遮门匾，直听弦舒缓。循声觅得拨琴人，始识古街高隐、去凡尘。

相逢似晚须重理，纤手焉弹止？琐窗轻倚惹心迷，初泡红袍已冷、莫须知。

试穿汉服观感

剪来云锦香风润，似为衣袍衬。穿梭汉代作朝官，拱手颇为有礼、正悠闲。

太真一度摇团扇，只是青鬟乱。曲裾重扣足轻移，便得几回喝彩、笑言飞。

虞美人

翻飞黄叶勤敷面，一路秋光倦。野莺高树几回鸣，不似三春俦侣、复喧晴。

曾听弄玉吹笙韵，更得箫声近。怎知候忽尽西风，寒雨漫侵阆苑、雾千重。

虞美人·雪后小苑

阆园万树梨花著，玉屑重铺路。只闻野雀噪青枝，催得暗香弥漫、复忘机。

红笼相映熏人面，若个韶华见。雪人青眼视凡间，化作鸾飞玉阙、报平安。

虞美人

重登琼阁初心见，依旧窗千扇。俯观绿杪织青帘，阻隔金乌几缕、味犹甘。

难寻树下罗衣立，秋水熏朝夕。片云飞过若当年，只是苔蹊寂静、意谁牵？

芭蕉雨

昨夜秋风细雨，小园寒湿浸、枫杨舞。晓起不闻莺语，一路尽叠枯黄，凝珠几许。

粉荷衣卸欲去，偏惨绿难负，长曳个短裙、同朝暮。解道节序轻移，萧瑟匝地重来，归鸿莫数。

天仙子·箫思

斜草蛩藏声若缕，烟水小桥双宿鹜。扶栏凭望榭浮波，闻天语，吹箫女，谁解牧之新赋句。

睹物思来皆许许，年少问曾春几度。休嗟华胥损青丝，溪边树，霜无数，夕照苍茫何处去。

一剪梅·偶观便益门社区艺术节

冰魄遥悬碧玉天，两岸风清，几处灯旋。今宵阆苑悦声浓，竹笛横吹，倩舞缠绵。

更有骚人诗句连，口吐珠玑，墨嵌丹笺。欲移斯景画图中，伫立凝眸，思绪联翩。

行香子·观灯船

岸阔天长，桂子飘香，古漕运水殿浓妆。灵槎凫水，宝焰辉煌。看一锅金，一船玉，一河浆。

广陵陈渡，凌霄仙阙，彩灯台琴韵飞扬。扶栏俊赏，击拍听簧。更几回痴，几回醉，几回狂。

【注】宝焰：辛词《婆罗门引》有"落星万点，一天宝焰下层霄"句。

惜秋华

暮日徐波，共流丹、野鹜归来秋晚。蕊倦叶疏，香风更熏重岸。清商响铁层帘，若个榭台愁吹管。清婉，引耆翁、拾阶登临忘返。

莫羡阁飞燕。道新妆西子，恰鬟丝轻绾。趁莲步，舒玉指，绮弦歌啭。斯时去尽韶光，思故渊，何须空叹？堪看，有长霞，同人悠漫。

拜星月慢

晚榭银波，清溪月府，柳影轻摇南浦。夜色笼烟，听秋蛩声缕。铺琼案，似觉、清茶一盏香绕，竹笛千回音抒。惬意今宵，有悠闲俦侣。

忆韶光、执手西湖路；觅词赋、惹得兰心顾。弹指卅年过矣，看青丝霜著。怅庄君、蝶梦无长驻。休神倦，暮日霞频舞。望瑶阙、北斗横空，正凉风几许。

清风满桂楼·小虹桥七夕诗会

虹桥隐秀，古苑浮香，扁舟趁波抚柳。湖畔叠石山，藤蔓绿、笼烟一番红藕。闲行转角处，玉廊曲、丝弦弹奏。凝眸看、诗音袅绕，醉了耆叟。

兰秋更回首，紫阙青霄，年年过云依旧。多少挚情人，凭此夕，遥追嫁衣时候。天孙可见否，集今古、珠玑几斗？闻天语，休让良辰有负。

清风满桂楼·前湖小聚

云烟漫抒，稻菽低摇，苔坡绿熏繁树。弯径暮色浓，瑶阙静、清波更推风路。红霓染颊面，把琼盏、何人相聚？平山客、天孙侍驾，几番香著。

须观放歌处，锦幕新移，赢来玉郎频顾。斜倚听焦琴，金缕过，随音拍栏鸣鼓。芳醑未计数，乐坊里、琉璃倒竖。轻回首，庭外潇潇正雨。

沁园春·观夫差像偶得兼寄扬州城庆

老刹浮香，小桥映影，碧草摇风。正莺啼垂柳，频开丹桂；壁留翰墨，偶听鸣蛩。朱阁雕梁，琼台金像，穿越流光千百重。犹凝望，拟长言陈事，欲语还空。

追思邗上苍穹，通水道，筑城万世功。更诸侯争霸，春秋逐鹿；银轮增色，禾木葱茏。雄踞江南，戈挥淮左，从此神州添一龙。今胜昔，看锦霞漫舞，果硕诗丰。

琐窗寒·慈母周年祭

老屋听风，明台锁雾，玉帘斜卷。黄纱退去，恍若斯时如面。泪潸然、几番痛彻，不知瑶阙寒和暖。拟轻言叩问，未能回应，只闻声咽。

思远。依稀见、正母子相扶，菜皮熬饭。昏灯凭案，密作粗衣针线。念音容、寸草丹心，焉能报得恩无限。更飞琼、满目梨花，欲为先慈挽。

夜飞鹊慢·中秋诗会偶得

幽蹊接琼案，蔬果熏香，红笼直泻流光。姮娥挥指金钗曳，几回起舞霓裳。东坡御风至，唱歌头水调，词韵悠扬。孤篇谁读，伴琴箫、醉了朱廊？

扶槛远观天际，云破月初升，满目银霜。睹景韶华重记，寻蚤草圃，听笛荷塘。稚时堪忆，味无穷、浑若仙乡。看今霄湖榭、清波玉璧，搔首丝长。

【注】中秋诗会于 2016 年 9 月 18 日在瘦西湖举行，会上表演了舞蹈、弹词、朗诵等节目，记之。"孤篇谁读"句：指朗诵张若虚的诗《春江花月夜》，此诗有"孤篇盖全唐"之誉。

梦横塘·采菱图

晓阳熏色，青镜沉云，碧衣端的涂彩。忽起西风，拂翠绢、雕纹如带。轻御扁舟，直挥纤指，绿分无碍。嗅流香几缕，似近还遥，凝眸处、秋菱在。

人居此地心舒，闻焦琴一曲，若个天外。倚树勤呼，瞧芰实、欲尝难耐。去新紫、浑同腻玉，漫品神清自愁解。悄立湖边，俗尘皆忘，更浮槎重载。

梦横塘·忆癸巳大雪

朔风呼啸，琼苑迷蒙，漫天寒气侵彻。密密疏疏，白絮乱、平铺难讫。晨起推窗，素花盈眼，了无鸣鹈。拟飞琼趁得，曲陌闲行，寻他个、癯仙骨。

轻扶竹杖长堤，青条皆玉裹，尽隐残叶。水畔云霓，曦日照、几枝清绝。住眸久、浑如梦境，始识红尘暗香结。更有延年，直吹箫笛，且声声羞歇。

【注】延年：李延年。《梅花落》属乐府横吹曲调，传为西汉李延年所作，别名《落梅》、《落梅花》、《大梅花》、《小梅花》等。

梦横塘·读仿文《子寿终录》偶得

简痕如旧，论语犹新，读来皆悖原意。至圣先师，驾玉辇、周游宣旨。尊礼言和，说仁输义，古今名世。况儒家始祖，皓月神州，偏翻转、弥留际？

长观墨迹重涂，凭通篇所据，直是虚拟。脉络无连，浑若个、断筝相系。汝羞悟、传承国粹，雾障焉能隔天地？更望扶桑，晓鸡啼白，正曦阳升矣。

梦横塘·避疫宅家偶得

倚栏听雨，凝目观梅，小楼香气弥漫。锦鲤吹波，欲直上、虚空云卷。笺纸轻铺，笔毫频蘸，墨痕长短。宅家新旧岁，吕岳猖狂，思回避、当无怨。

须知毒染江城，驰援千路至，扁鹊重见。玉甲遮身，看几度、死生相转。莫忘却、英雄辈出，不改初心去罹患。悄趁闲时，一屏传信，更和风来伴。

梦横塘·九峰园偶看治虫有感

九峰蹊曲，千柳枝垂，晓阳惟浸嫣色。远望云梯，倚绿干、谁人攀立？凝目寻痕，插钎除蠹，蛀巢轻塞。况虫尸一地，大小堪惊，医青树、今犹识。

长思论道经邦，如勤驱腐恶，杜绝顽疾。若内掏空，焉抵御、几回风袭？羡花匠、天牛尽治，果结平添万重力。筑个瑶园，翠颜浓郁，更清香熏客。

金缕曲·丁酉疗疾偶得

浸会飘香处，正西风、星光隐绰，欲消残暑。翻转罗衿难眠意，滴滴琼珠未数。忽听得、笙歌千缕。似觉天音传玉阙，夜悠长、独傍丝丝露。知此景，秋娘妒。

轻嗟舍利平生遇，惹人愁、拟觅扁鹊，思他神助。无奈纱帘遮金像，惟有随从相顾。望火束，石驱几度。纵是江湖真情少，且看它、去疾心如许。须问个，何时悟？

【注】2017 年 8 月，在医院行做激光碎石手术，记之。浸会：苏北医院。

金缕曲·鱼祭

八德魂归矣。出清波、轻乘流雾，一程香气。方觉人间无滋味，翻作浮云龙体。瓦缸小、焉为居地？数载鳞身勤转动，竖金须、若个琼浆醉。通玉阙，信难递。

吾知汝等飞升意，悄趁得、断氧时刻，九霄相系。遮莫平生佳缘结，况悦朱唇舔指。更陋室、长愉不已。刹那别离趋灵府，直惹来、水静南风滞。吟望久，滴珠泪。

金缕曲·偶思

如梦红尘耳，惜须臾、芳菲隐迹，幽蹊迢递。无限沧波匆匆过，思绪蹁跹不已。黯凝伫、几多旧事。二八堪怜书未读，却引来、一地尘烟起。人怅惘，焉鞭指？

似曾香浸临东帝，悄趁得、灵槎仙渡，拟骑龙尾。争奈天机难相顾，谁解其中真意？更嗟叹、住行尺咫。遮莫前程皆坎坷，自心明、缘去休追悔。直酿个，闲滋味。

金缕曲·丁酉端午祭祀有得

一缕清风至，短衣牵、芷兰拂面，绿条频系。司祭飘然从天降，发髻金冠新制。素笺展、襄扬底事？穿越春秋飞绪在，况灵均、忠烈情犹记。遗怅恨，志难已。

先贤痕迹随波逝，独留得、离骚千古，九歌传世。挝鼓端阳鸣华夏，直谏精神不死。向琼案、有词相寄。谁趁虬龙携信去？只观来、角黍沉江水。摇碧箸，香焉止？

金缕曲

野鹜斜阳去，更苔堤、流莺啼叶，一程花雨。依旧朱亭笼烟柳，直看凭空飞絮。薰风暖、淹留初暑。趁得鸿笺思念久，觅香痕、梦浸温馨路。观此景，怅如许。

曾逢百艳争芳处，竹榭间、牵衣恨晚，几回笑语。无奈愁心重山隔，灵燕归离难数。纵有约、那时俦侣。嗟叹三春皆过矣，者霜丝、焉可韶华著？望海角、听金缕。

金缕曲·蝉

独步苔蹊后，听蝉声、高枝环绕，暑风云右。空妒姮娥悬青幕，天籁亦难长久。又灯射，紫衣相授。饥渴三更清露饮，况双翎、复抖红尘垢。音既出，闻牛斗。

人皆赞个垂緌寿，怎知它、千日潜伏，草根为友。离土方侵楼前月，一度心怡夜昼。见说道、寒霜未候。遮莫平林狂啸客，叶流丹、玄鬓姿焉有？惟剩得，僵如旧。

【注】垂緌，蝉代称。

高阳台·丁酉腊月十五月食

残雪琼园，缓流碧水，一轮玉璧东升。夜幕西移，银光频抹冰菱。倏忽天狗轻吞月，者红霓、漫浸芜城。坠龙宫，浑若绯珠，点缀青屏。

扶栏古渡多飞絮，念姮娥有约，是日重醒。涂粉香腮，只为相会舒情。纵然百岁玄晖隐，亦守时、不负鸥盟。且看她，暗影皆除，分外清明。

【注】丁酉腊月十五月全食，系 152 年来首次"超级月亮＋蓝月亮＋红月亮，月全食"，填词记之。

高阳台·戊戌立春平山诗社茶话会

几缕东风，一蹊雪迹，红梅馥郁侵衣。初踏琼厅，墨痕犹说芳菲。千盘蔬果条台叠，者浮香、腮面轻滋。向乌龙，小碗勤泡，绿雾浓稀。

焦琴三弄声盈耳，且缓如流水，疾若奔蹄。吟唱离骚，灵钧醉个瑶池。更话戌岁何为计，算而今，文气称奇。待归来，野鹊穿梭，夕照涂脂。

【注】乌龙：指乌龙茶，这里泛指茶叶。

高阳台·《平山清韵》诗词集发布会
暨2019元旦茶话会有记

霰雪翻空，风寒浸袖，幽蹊直达琼楼。银幕新移，绿琴几度声流。板桥一曲渔翁老，傍水湾、莫弃金钩。倚朱台，聆听歌吟，心若浮舟。

平山相识多才俊，著风骚数卷，意雅情稠。解惑殷勤，江郎梦笔难求。争知白发三千丈，作闲云、未必含羞。趁今朝，漫品清茶，蜡蕊香酬。

高阳台·张公红宝石婚宴会有寄

仲吕薰风，琐窗浸色，小楼频溅霓光。圆案金盘，九珍尽裹浓香。琉璃杯里琼浆溢，住清眸、勤说衷肠。况张公，宝石犹红，浑若潘郎。

忽听竹板重敲击，快书添趣味，善意焉忘。新奏银筝，几回起舞轻装。始知伴侣曾恩爱，过卅年、依旧情长。妒斯人，如鹤悠闲，裁句千行。

【注】张公：指诗友张元良。

高阳台·相聚

冰魄悬空，寒风响铁，嘉平疏影朱廊。紫殿虹霓，几回帘卷流光。轻旋玉案佳醅著，数奇珍、过眼留香。况焦琴，梁祝销魂，情挚同窗。

凝眸旧识多飞絮，若玄都听讲，疑惑难藏。勤筑灵槎，韶华拟付春江。休嗟卅载浮云去，者红尘、没个刘郎。复相逢，往事难追，惟见银霜。

【注】者红尘、没个刘郎：典出《搜神记》刘晨、阮肇入天台山采药遇仙女事。这里说，世界上没有长生不老的人。

高阳台·“让爱回家”锦旺社区母亲节诗文吟诵会

云掠琼楼，香环画案，墨痕银幕翻移。伫立长闻，皆为天籁音飞。满堂和善人真挚，共朱台、母子吟诗。况聆听，欲泪还撑，又惹心思。

弱冠时节熏风沐，记千针作履，一夜缝衣。寸草氤氲，焉能报得春晖？携个几扎鲜花朵，念去来、此意何其。更如今，暝色临窗，往事难追。

高阳台·清溪五十岁生日有贺

徂署流光，清溪曳影，縠纹映衬芙蕖。馥郁环城，飞来云鹤千余。麻姑手捧蟠桃至，散幽香、浑若蓬壶。趁今时，仪狄佳醅，得个心舒。

相知数载难忘却，记殷勤解惑，复得龙书。诗韵重编，尚留一页刊吾。几度才俊存青简，著风骚，驰誉江湖。料周君，松柏高悬，文曲同舆。

高阳台·己亥中秋参观扬州曜阳公寓偶得

日醉云边，月悬水上，东郊丛桂舒香。雕像涂金，晴空直泻流光。层楼轻踏蓬壶见，转银屏、一览仙乡。任吾游，窗外啼莺，犹说辉煌。

十年公寓真情在，记先贤足迹，宗旨焉忘？心系民生，医养愉悦无疆。清风遍染幽蹊静，洗嚣尘、琴韵飞扬。更蟠桃，酿个佳醅，漫酌瑶觞。

【注】日醉云边，月悬水上：江上青烈士《寄兰》诗，有"日在云边醉，月从海上明"句，化用之。

东风第一枝·戊戌新年偶感

筛雨连绵，草脚苏醒，一程梅蕊新发。轻撑锦伞潮遮，还看梢头鸟没。溪鱼欲潜，争奈它、东风勤拂。远望得、苍狗浮云，空惹思绪千蝶。

忆旧时、残寒浸骨，听管弦、欢愉未讫。亭孤屡放烟花，径弯乱抛团雪。年蒸更夜，须戳个、洋红心悦。莫念矣、往事流波，韶华亦如翻页。

东风第一枝·《平山清韵》诗集发布暨 2020 新年茶话会

琼阁云摩，红袍案煮，清香漫浸轩室。凭空流水孤屏，挥墨飞龙千尺。琴箫合奏，似三弄、梅花留迹。芍药歌、太白遗风，余韵绕梁焉息？

听夷则、往事堪忆，看笑靥，而今当惜。江湖几度难寻，挚情十年始识。犹思简册，得精髓、直穿诗脉。若春信、引领维扬，何惧赘言相抑。

水龙吟

虚空叶转听鸠语，似叹时光相戏。初冬惨淡，斜阳孤寂，芦花摇曳。幽径连溪，扁舟横岸，縠纹次第。况寒风浸祫，长堤踱步，望斯景、生愁思。

犹记春来得意，李桃开、童心曾寄。吹箫雅韵，弹琴玉凤，怡人不止。一梦老槐，几回题叶，尽随流水。想经年燕子，南归依旧，得清香气。

水龙吟·戊戌端午游三湾偶得

三湾绿树藏书阁，楼底敞廊风掠。长翻银幕，轻流翰墨，斜阳村郭。纤指频挥，楚辞重读，先贤须学。且时逢端午，九龙欲起，香千缕、熏青箬。

屈子旌忠始觉，志弥坚，不同丘貉。汨罗一去，怀沙犹在，耐人咀嚼。留得笙歌，韵环汀浦，尽除贪恶。更浮云接水，兰舟漫行，看晴空鹤。

水龙吟·乘机观云偶得

大鹏直上三千里，同伴清风来去。凭高远望，流云叠起，欲连仙路。浩瀚无涯，晴霄咫尺，似闻帝语。忽幻化成形，或狮或狗，凝眸看、难相数。

偏惹联翩思绪，绕青瞳、翻然有悟。遨游天地，人生遥寄，渺之一羽。尽忘浮名，休言荣辱，悦心长著。任虚空雾霭，朦胧海市，得晶晶露。

【注】大鹏直上三千里，同伴清风来去：李白《上蔡邕》有"大鹏一日同风起，扶摇直上九万里"句，这里借指飞机。遨游天地：《前赤壁赋》有"寄蜉蝣于天地，渺沧海之一粟"句，化用之。

水龙吟·己亥晚春赏运河城市博览会灯船

长堤十里霓灯溅，岸柳随风轻拂。凭栏翠鬓，登桥黄发，住眸水阔。画舫徐来，银屏转换，绿琴未歇。乍流光直泻，琼浆酝酿，縠纹碎、金麟叠。

谁个凌霄通达，窃奇珍、俗尘难阅。古城廿座，雪龙千万，相逢一霎。骑鹤扬州，如游蓬岛，惹人心悦。更星辰醉了，清河频下，化翩翩蝶。

水龙吟·怀念屈原

叠波西去连瑶阙，山影漂浮龙殿。芳丛舞蝶，兰舟破碧，晓阳熏岸。寻觅怀沙，先贤何在，足痕难见。望野鹜翻飞，流云环绕，观斯景、追思远。

屈子旌忠无怨，志弥坚、未逢青眼。不同丘貉，只身投水，莲花复溅。独著离骚，长留天问，古来经典。御银鹰万里，湖湘祭祀，慰平生愿。

水龙吟·丙申年国际诗人虹桥修禊有得

凉风细雨苔蹊湿，高树跳珠衣抹。楼台碎影，玉舟花桨，木樨繁叶。伫立凭栏，青兰浸榭，燃香染发。况银筝绕案，佳醅漫品，友邦客，情难竭。

长忆康乾时节，羡灵均、裁诗未歇。千人修禊，虹桥溢彩，胜芳焉绝？须看此园，垂髫霜鬓，剪云歌月。且流觞曲水，秋愁载去，得平生悦。

【注】长忆……千人修禊……句，指：康熙年间，扬州推官王士禛主持第一次修禊活动，地点集中在大虹桥畔，史称"虹桥修禊"。乾隆年间，两淮盐运使卢见发起的虹桥修禊活动，参加活动的诗人达七千余人。

八声甘州·国庆七十周年庆典

正春华秋实木樨香，燕京铸神奇。向红笼高挂，祥云环绕，金水频滋。解道城楼兵阅，场阔舞军旗。铁甲轰然过，银雁高飞。

犹记天音传递，悦人民万岁，权柄无私。看彩车缓行，老稚得心怡。更夜空、燃花四溅，听曲声、几度惹深思。知鹏举、前程旖旎，一路韶晖。

八声甘州·中华诗人扬州踏春行有记

踏一堤柳影至芜城，白鹭绕汀洲。对野莺啼叶，牡丹盈岸，千缕香稠。竟日胭脂频漏，碧水映琼楼。羁客醉斯景，情趣焉休？

觅得青君踪迹，古邑如瑶阙，风雅还收。看朱台琪案，若个彩霓流。弄蛮笺、佳人挥笔，理霜丝、耆叟展歌喉。斜凭槛、屡听天籁，亮了清眸。

【注】第七届中华诗人踏春行暨 2017 年春季中华诗人江苏扬州交流会于 2017 年 4 月 25 日在扬州举行，于 4 月 27 日结束。记之。

八声甘州·飙诗之夜诗歌晚会

借一张金柬入朱楼，斜倚品风骚。看姮娥舒袖，比肩侪侣，铺纸挥毫。凭案拨弦流水，玉女几吹箫。更有洪都客，裁句新潮。

是夜霓光相射，且掌声起伏，人面红桃。况殷勤留影，情致逐云高。笑黄发、凝眸此景，听诗音、扣拍自逍遥。虹桥畔、浑如燕子，无意归巢。

【注】洪都客：指洪都拉斯的著名诗人

八声甘州·戊戌炎夏散步偶得

踏晚霞一抹过浮桥，暑气伴吾行。向垂条摇叶，短衣浸汗，水绿云醒。登榭凭栏几度，着意望青屏。渐得微风起，悬月移星。

又闻蝉喉依旧，念曾藏六德，何以为凭？莫探寻根底，怡趣自神清。况凝眸、画舟破水，嗅流香，新露润莲英。思骑鹤、广陵环绕，待个天明。

【注】六德：晋陆机《寒蝉赋·序》认为蝉有六德："夫头上有緌，则其文也；含气饮露，则其清也；黍稷不食，则其廉也；处不巢居，则其俭也；应候守时，则其信也；加以冠冕，则其容也。君子则其操，可以事君，可以立身，岂非至德之虫哉！"

八声甘州·小蚕生日宴偶得

正飙风细雨有时无，银辇若飞凫。踏层阶赴宴，九珍菜品，千盏屠苏。得赏厨工献艺，精料煮江鱼。忽地金冠烁，一屋欢娱。

犹是平山才子，击瓦盘为乐，醉个心舒。唱卅年陈曲，直忆旧征途。听笑言、忘了华发，著清姿、几度悦裙裾。谁还记、更深路滑、何以归庐。

八声甘州·戊戌真州
看扬剧《芳华》彩排

对霓灯环绕浸真州，瞬间沐薰风。看枣林仙境，欲寻红药，漫染流淙。金带珍稀难觅，何处得相逢？千里青山去，野趣无穷。

搜个传奇入剧，算登场旦末，尽得神功。且唱腔圆润，数板味犹浓。更观客、倾听着意，起掌声，惊醒一耆翁。中秋至、木樨香溢、月曲交融。

八声甘州·偶观方巷小学生表演有得

对玉台帘幕泻虹霓，焦尾韵飞扬。正稚童献艺，罗衫若汉，风采如唐。发髻高低颤袅，纤指绕流香。更听渔歌晚，思绪悠长。

惹起龆年些事，且联翩浮现，味似琼觞。叹几回起舞，无意读寒窗。看此时、杏坛馥郁，释惑疑、师德比曦阳。琴箫止、焉知一叟，心接他乡？

暗香·咏月兼寄玉蟾

桐枝轻拂，算幽蹊疏影，蝉声难歇。夜幕清溪，玉璧沉波浸银雪。纵有初秋暑气，得蟾光、须臾皆没。直听个、石下虫鸣，流韵达瑶阙。

天阔，绕云蝶。念论坛江湖，几回登筏。似曾木讷，犹记殷勤挚言切。数载词心相伴，香正浓、焉能离别？况夷则、西斗指，且邀明月。

念奴娇·观看曜阳十周年庆艺术表演

舞台轮换，且灯光时溅，青眼看去。漫奏七弦天籁韵，随拍姮娥莲步。桥影沉波，湖风笼翠，焉悟相思苦。春秋穿越，尚窥诸子言著。

犹记弹唱江南，评书马伟，引掌声如注。斯景凝眸难忘却，况有曜阳欢语。暮雪须知，韶华复忆，惹得神仙妒。晚霞熏色，菊香重浸归路。

摸鱼儿

正开场、明灯初照，朱帘渐卷心敞。鸣锣方步登台罢，画个高人尊像。言跌宕，浑若是、戍边克敌归来将。玉钗摇晃，又翠鬟陶琴，稚童读典，击壤桃源样。　凝青目，欲品无邪佳酿，翻笺时入烟瘴。

皆云泼墨须留白，自度焉同原唱。谁见谅，悟尘世、瞬间暮雪随风长。梦醒难忘，摘几朵梅花，幽香熏衣，洗耳去惆怅。

祝英台近

玉妃新，湖水碧，琼苑印春迹。野鹭轻飞，青镜几星白。曲蹊独自闲行，频闻莺语，却难得、伊人重识。　怨何积，此地曾是初逢，风骚度朝夕。犹指南枝，笑说堪为室。又看梅倚香生，梅能追昔，欲问汝、倚谁香息。

江城梅花引·游故地有寄

熏风复度碧溪边，念坡前，至坡前。琪树依然，似长几轮圈。足迹皆无苔色隐，看花曳沐香流、听鸟喧。

鸟喧，鸟喧，韵高旋，飞絮连，思絮牵。梦也梦也，梦往昔、焉著新篇。一诺随波，解道亦堪怜。拟踏芒鞋寻觅去，三蜀地，五湖云、九域山。

向湖边·放生

晓起驱车，暮趋凝目，只为游龙入水。碧练牵云，觅沉鱼佳地。者玉阶、桃渡苔连，日光轻射、烟柳惠风交会。复睹金鳞，独吹波未已。

莫忘茅庐，得幼苗初饲。如侣过数载，同人心相系。饵料投迟，便频添吾指。只琉璃池小难移尾，潜湖阔、一任深行和浅戏。何必潸然，似别离无意。

【花草余香】

插画：庞现青

【诗部】

迎春花

黄英绽水滨，倩影去浮尘。
不与群芳伍，悠闲独自春。

红梅

琼园几点红，无处不春风。
随意青蹊立，香侵白发翁。

紫薇

青丛缀紫薇，蛱蝶绕花飞。
元是天孙至，随风织锦衣。

忘忧草

趁得晚霞回，青丛独自开。
香薰人惬意，何必惹尘埃。

蒲苇

银髯出翠微，直沐暮云晖。
赢得秋风顾，清姿比玉妃。

马缨丹

一朵三重色，幽蹊独自荣。
休言难引蝶，却与仲秋盟。

银杏飞叶

瑶园独自行，乱蝶屡相迎。
始识公孙意，悠悠不了情。

栾树

青颜映碧空，独自得春风。
萧瑟秋光里，偏留一树红。

木莲

一径拒霜花，仙姿灿若霞。
春风偏不嫁，秋暮自香赊。

红蕉

斜阳着色浸红蕉，倒影清溪魂欲销。
水岸伊人相映照，仙姿飘逸过虹桥。

红梅映雪

草堂雪伏竹扉开，微露蹊阶隐绿苔。
一树傲寒红缀白，暗香浮动待人来。

海棠

嫁得东风一缕香，琼园旖旎淡红妆。
梅衣谢了伊初发，蛱蝶翻飞抒韵长。

绣线菊

素雪心黄著碧枝，烟花丛里不相知。
春光漫浸逍遥客，根系瑶台莫道迟。

紫荆花

桃米盈眸香小苑，熏风摇曳自心怡。
紫颜偏惹东君爱，未发新芽蕊满枝。

杜鹃花

熏风摇曳杜鹃开，红白相依蛱蝶陪。
昨夜姮娥滋碧露，曦阳初出绿珠来。

樱花

仲阳神女织红衣，脂染清波草翠微。

白石飞霞相映衬，黄鹂啼叶不思归。

菜花吟

风曳田园瓜子金，中和阡陌曲连林。

蜂飞次第添春意，锦绣舒香醉我心。

又

闲步田园黄萼稠，农家诗梦比琼楼。

犹看五柳归来处，胜似蓬莱几度秋。

【注】中和：农历二月别称。瓜子金：指菜花，宋陈普《和菜花二首》有"天公大似慰颜贫，二月满园瓜子金"句。黄萼：指菜花，清乾隆《菜花》有"黄萼裳裳绿叶稠，千村欣卜榨新油"句。五柳：陶公也。

咏竹

寒风阆苑曳贞条，一霎高低涌翠潮。
时序悄移难改色，成龙抱节任逍遥。

白玉堂

曲径争开白玉堂，藤萝舒展自幽香。
知它喜结胭脂果，嫁得秋风向夕阳。

杨絮

负得东风任意飞，凭空乱舞映朝晖。
欲登玉阙无仙籍，化作浮萍莫问归。

睡莲

清波独醉露仙容，圆绿相陪韵几重。

只饮流霞生道骨，薰风漫浸自香浓。

女贞子

幽蹊独步煦风香，玉屑成团绿杪妆。

初出曦阳敷粉淡，欲寻俦侣入仙乡。

石榴

香衣褪尽石榴青，高挂琼枝点翠屏。

何事须臾开笑口，只缘蝉噪梦初醒。

河岸蒲苇

几丛蒲苇水边开，点缀秋光素雪回。
试问蝶蜂何不至，无香莫惹是非来。

莲须

金丝环绕出莲台，身着霓裳待客来。
水镜照吾霜鬓乱，不同颜色莫须猜。

连翘

和风千缕醒春心，摇曳新姿一串金。
倒影清溪鱼亦乐，欲含几片送知音。

又

水岸青条尽染黄，闲行几步袖携香。
殷勤点缀三春色，不逊梅花韵自藏。

赏荷

去年水榭看荷花，柳色相遮意未赊。
今日乘舟驱柳色，芙蓉映水夕阳斜。

桂香

幽径闲行老树横，流香漫浸倍神清。
金衣不及夭桃色，却带姮娥一世情。

木樨香

独步秋园树未黄，千丛金粟碧枝妆。

蓬壶纵有奇花在，不比江阳八月香。

黄菖蒲

金衣一色向天开，碧水涟漪映衬来。

只看晴空云欲醉，沉溪几度意堪猜。

又

清姿摇曳露凝珠，初出曦阳色复涂。

水岸青鬟思采摘，金钗斜插得心愉。

牡丹

琼园发几支，碧露夜相滋。

异彩倾城国，香风度玉姿。

群芳生倦地，一蕊绽开时。

武曌淫威毒，烧焦焉足奇。

菊吟

苔生三径菊花黄，轻曳琼枝阆苑香。

玉蝶翻飞熏绿叶，露珠移缀向朝阳。

木樨湖畔羞颜色，野雀亭边慕锦妆。

始识南山陶令醉，平章一纸几回肠。

【注】"偶思句"：红楼梦黛玉咏菊诗有："一从陶令平章后，千古高风说到今"句。

又

金英轻摘至茅庐，瓶插几枝意自舒。

画案浮香生傲气，柴门增色浸罗裾。

凝观一度清茶品，长对三旬翰墨书。

须记樊川开口笑，满头芳菊道诗余。

【注】"记得樊川"句，指杜牧，字樊川，有"尘世难逢开口笑，菊花需插满头归"句。

又

清霜一地菊先知，不惧萧条绽玉枝。

冷看流芳皆隐艳，笑依朱榭独舒奇。

从来玉蕊心孤傲，赢得瑶宫味复滋。

不赴青君春色约，直须灵气付东篱。

【词部】

如梦令·桃花

一夜东风阆苑，满树丹衣青眼。凝露酿胭脂，镇日轻敷玉面。香漫，香漫，兑个蝶蜂作伴。

忆江南·广陵琼花

飞琼白，风曳自流香。一树轻罗皆素影，满城浮蝶独维扬。灵气接仙乡。

又

仙乡接，蚕月蕊初开。滴露香衣勤弄雪，醉人风韵复舒怀。骑鹤意休猜。

浣溪沙·雨中赏菊

　　闲步隋堤赏菊花，偏逢筛雨织罗纱。寒风趁势复交加。

　　应喜时人皆不至，方留玉露尽相赊。清香浸鬓数秋葩。

醉花间·寻蜡梅残迹

　　金禽去，蜡梅去，霜去痕些许。寻得旧浮尘，还见残花驻。

　　须知疏影处，难抵青帝顾。轻卸傲寒衣，空惹芳心妒。

醉花阴·飞絮

难解隋堤轻飞絮，柔弱时无序。离别柳枝条，一霎浮空，一霎飘汀渚。

晚春未去伊先去，不识青云路。恍惚莫同程，误失仙机，只影归何处？

清平乐·观竹

幽蹊紫玉，曦日频熏绿。趁得秋风时断续，一展仙姿韵足。

摇影清瘦堪描，虚怀若谷宜标。惟与松梅为友，成龙抱节心高。

洞天春 · 早樱

轻寒未尽春早，粉黛清香缭绕。细雨频滋色难老，恰流莺啼晓。

耆翁独步小道，仰看遮天蕊俏。拟剪樱衣，暗藏仙魄，琼浆重造。

洞天春 · 菜花

东风着意平野，遍点金波昨夜。绿瘦黄肥自成画，且曦阳相射。

伊人伫立垄下，几朵新妆小舍。更有顽童，误为飞蝶，牵衣惊诧。

【注】飞蝶：杨万里《宿新市徐公店》诗有"儿童急走追黄蝶，飞入菜花无处寻"句。

洞天春 · 蚕豆花

方茎绿叶田垅，一度清香暗涌。只蝶轻栖作幽梦，正春心频动。

难同李杏伯仲，却有条风与共。不羡奢华，直思成豆，何须谁懂。

【注】方茎绿叶：清汪士慎《蚕豆花香图》有"蚕豆花开映女桑，方茎碧叶吐芬芳。田间野粉无人爱，不逐东风杂众香"诗句。

洞天春 · 紫辛夷

春山遍植莲朵，漫浸胭脂若火。一度红腮惹蜂卧，况凝珠香裹。

凭空野鹊缓过，羡尔仙姿个个。伫立茅庐，沐风寻句，怡心如我。

【注】"春山遍植莲朵，漫浸胭脂似火"句：白居易《咏辛夷》有"紫粉笔含尖火焰，红胭脂染小莲花"句。

朝中错·残荷

西风吹得藕花残，圆叶着黄斑。些许清波倒影，偶看孤蝶神牵。

似曾划棹，熏红映绿，伴鹭弹弦。一霎仙姿难觅，直留香迹溪湾。

唐多令·戊戌晚秋熙台赏菊

晚照映熙台，菊英满玉阶。几缕香、漫漫襟怀。穿过芳丛人欲醉，近观色、粉涂腮。

画棹一行排，姮娥次第来。上朱楼、底事休猜。直听管箫声韵起，思小杜、念花开。

唐多令·雨中睡莲

细雨驿亭浇，圆青珠玉摇。水芹花，艳胜红桃。
金粟颗千生瑞气，熏过客，自成娇。

西子立溪桥，伞衣衬柳潮。玉指伸，摘朵何劳？
偷得几分香醉己，粉腮面，乐逍遥。

南歌子·丁酉春赏白玉兰偶得

幽径通瑶苑，曦阳浸琐窗。薰风尽染白霓裳。
千队素娥围雪、著新妆。

池碧沉仙影，云高绕帝乡。闲来独步掬春芳。
寻个黄笺留墨、入诗囊。

【注】白霓裳：明·沈周《题玉兰》有"韵友自知
人意好，隔帘轻解白霓裳"句。千队素娥成雪：明·文征
明《玉兰》有"绰约新妆玉有辉，素娥千队雪成围"句。

淡黄柳·丁酉徽州赏花

野山有意，如约烟花里。几点红霓遥相寄。碧树桃衣轻系，幽径皆侵软香气。

悦难止，青霄月轮指。看弄玉，镇飞翅。更萧郎、并个鸳鸯戏。古邑徽州，梦中瑶阙，些许清风次第。

阮郎归·观睡莲有得

薰风吹皱一池纹，摇醒睡美人。碧波轻浣绢衣新，清香缕缕闻。

飞野蝶，坠流云，只缘姿色珍。借来杨絮逐浮尘，怜它仙籍魂。

落梅风

长堤摇绿柳丝长，何花坠落泥香？直看水榭燕飞梁，正曦阳。

嫩寒何必催伊老，随风尽褪罗裳？独嗟公主惜陈芳，作眉妆。

【注】"独嗟公主"句，指寿阳公主梅妆事。

蝶恋花·己亥长堤菊展

湖瘦风清霞漫舞，闲步琼园、香满苔堤路。金凤展姿舒靓羽，驿亭开蕾熏青圃

千百花仙今汇聚，莫念春波、且把初冬许。翁醉芳丛羞记数，寻音搜字词难著。

蝶恋花

轻倚朱栏观水岸，柳眼新睁，倒影风吹乱。满目李桃香气溅，芳姿惹得金蜂转。

一叶兰舟行渐远，思绪相随，望尽浮云断。似觉野莺声缱绻，春光依旧青丝变。

雨中花令·己亥九峰园残荷

寂寞清塘几顷，细雨枯莲洗净。直看潜鱼踪迹隐，败叶沉难醒。

独自水亭心不定，惜菡萏、瞬间皆病。莫怅惘、应知经岁后，又见芙蓉影。

杏园春·水仙

风吹一缕幽香，初熏玉骨曦阳。赢来绿叶映寒塘，韵悠长。

仙姿绰约冰肌润，分明紫阙娥皇。淹留尘世淡梳妆，待春光。

南乡子·三湾沙柳

影碎溪波，柳眼初开叠翠多。直竖琼枝驱雾障，婆娑，四臂相牵未绕过。

岁月蹉跎，塞外飞沙奈尔何？根扎土深通水伯，风和，移步三湾听鸟歌。

【注】闲游三湾公园，偶见沙柳。沙柳系沙漠植物，根系发达，有五不死的特征：干旱旱不死；牛羊啃不死；刀斧砍不死；沙土埋不死；水涝淹不死。故填词记之。

寻梅

初春未觉一水瘦，对梅开、化为醴酒。着色屏幕清波后，算盘旋飞鹊、几回香嗅。

寻芳莫惧行瘟寇，揽斯景、榭前云右。更看碧境红酥手，正花枝轻插，浑若挚友。

【注】寻梅，词牌。

一斛珠·野花咏 三首

蒲公英

南坡草短，青茎穿入圆球转。曦阳照得平沙暖，几许和风，丝絮皆吹散。

缥缈晴空谁作伴？浮云一缕随归燕。埠头山野由天遣，坠地生根，绿叶怡人眼。

茖子花

田边香漫，薰风摇紫编成串。野茎高出流光溅，碧叶相依，引得金蜂乱。

不与牡丹争贵冠，偏居一角留人看。自知绽放红尘短，尽露芳颜，直听黄莺啭。

萝卜花

晚晴村郭，素衣涂紫开田角。浑如浮蝶栖青箬，几缕清香，尽是条风掠。

行缓地龙驱寂寞，纤姿更喜霓虹托。仲春催老愁心各，直待经年，再赴东君约。

西江月·徐园赏菊

晚照凭空涂色，阆园摇绿流光。篱边团簇锦丝长，五彩浅深模样。

休说暮商枯落，分明繁蕊初妆。微风几度染秋香，凝目耆翁独享。

临江仙·看杏花有感

筛雨轻滋幽径，残寒几度谁知？梅英衰了杏儿肥，白红妆阆苑，疏密缀琼枝。

伫立长闻香气，凝观始识天姿。何来鸣鹊食芳衣？今朝生发处，明日落花时。

临江仙·戊戌暮春瘦西湖赏花

湖水条风移棹，柳堤旖旎浮香。伊人苔岸住眸长，竹篱开芍药，琪树浸流光。

飞燕幽芳弥漫，毛黄倩影悠扬。纵然曾作玉虚妆，焉同一富贵，得个百花王。

【注】飞燕：飞燕草花。毛黄：毛地黄花。富贵：富贵花，牡丹。

看花回·看菜花偶得

极目东郊一片黄，轻沐流光。蝶飞蜂乱苔埂绕，野鹜过、似觉瑶乡。微风摇几度，堪比春芳。

今识晴霄日渐长，得意梳妆。直看潘鬓悠然趣，踏青来、欲酿酒觞。水花相映衬，谁悟沧桑。

看花回·己亥春看柳花有得

晓日琼园乱雪飞，幽径棉堆。足抬倏忽翩跹起，欲附风、任意飘移。青霄难直上、何处为归？

驻足凝眸柳杪垂，惹我长思。去年观此曾为赋，惜花轻、定所莫期。再看溪水岸、苗裔千枝。

行香子·偶至荷塘

阡陌熏青，山水流光，对玉笔漫绘荷乡。浅深着色，浓淡舒香，且金蜂立，縠纹起，栈桥长。

天连圆叶，风骚霜鬓，任一湖秦镜疏狂。闲依朱槛，时品瑶觞，看移兰棹，吹萧史，隐王郎。

【注】王郎：即坐隐王朗。东晋王坦之，曾领中郎将，人称王中郎，以下围棋为坐隐。

荔子丹·戊戌春再题杨絮

白絮翻飞不定神，飘泊付流云。总思槐序列仙阙，怜无计、一霎别嚣尘。

焉知母树本凡根，有志亦空闻。解道张公生雾霭，总难移、自个轻身。

荔子丹·薰衣草

暮色轻烟浸草庐，浮蝶绕裙裾。淡香千缕惹人醉，余晖映、粉黛竞相敷。

微风度过小沟渠，滴露润仙株。更睹田间笼紫气，老君来、点缀玄都。

南乡一剪梅

幽径抹曦阳，几缕寒风曳蜡黄。莫道萧条皆怅望，南也花藏，北也花藏。

冬苑积浮霜，点个围炉醉酒觞。隐去金龙迎福豕，天亦流香，人亦流香。

南乡一剪梅

冬至似无征，小径依然听野莺。蜡蕊新妆园一半，花影轻盈，客影轻盈。

云去且喧晴，几缕琴声伴我行。翠鬟凌波频起舞，天地清明，心地清明。

瑞鹧鸪·庚子春赏牡丹偶得

溪畔流香浸袷衣，住眸似觉悦当时。惠风漫染瑶仙味，清露轻滋琼玉肌。

欲裹晴光添靓色，还趋浮蝶吻金丝。可怜未识春将去，太白魂归焉自知。

【注】李白，传说中牡丹花神。

虞美人·白玉兰

残寒未尽花初发，满树清香骨。临风长浴玉蟾光，天遣姮娥下界、化霓裳。

素衣不衬青罗叶，偏得肌如雪。纵然群萼正芳浓，它亦傲看凡物、自从容。

虞美人·丁酉初夏看杨花有感

薰风飞絮何方去？别树凭空舞。悠悠负得几回云，拟上九天瑶阙、度凡身。

焉知未必通仙籍，总是千重隔。纵然漂泊一时晴，争奈流波轻坠、作浮萍。

【注】作浮萍：苏轼咏杨花的《水龙吟》有"晓来雨过，遗踪何在？一池萍碎"句。

虞美人·风雨天竺葵

无端筛雨侵天竺，更著酸风速。醒来犹看绿衣肥，几许嫣红直坠、浸尘泥。

此株得意胭脂色，插地根深植。应知难易祝融情，复点火花一片、未凋零。

【注】酸风：元 萨都剌《过孙虎臣园》诗有"洛阳花木尽如霞，冷雨酸风尽委沙"句。

虞美人·赏玉蝉花

和风勤曳蝉衣影，几缕幽香醒。轻涂粉色正当时，青叶流光些许、衬仙姿。

溪波载得群芳去，只看斯花驻。绿堤团絮绕它飞，若个众星拱卫、不相离。

虞美人·茶花傲雪

冻云环绕飞滕六，欲换茶花服。红颜素裹俏无言，傲视冷风几度、似从前。

根通玉阙非凡品，焉畏冰为枕？纵然寒友未知名，留得芳心自在、待春醒。

虞美人·山桃花

和风吹放山桃白，倩影幽溪识。昨宵夜露结香衣，晓日流光相映、正春时。

初看似觉仙姿异，缟袂清新系。不敷脂粉亦为奇，莫管红尘何论、自心怡。

虞美人·庚子春赏紫辛夷

直看木笔朝天阙，拟写云书页。真人碧落着红袍，况有斜晖相照、映西郊。

梅英正谢将离未，独领花间气。倩姿摇曳欲何为，猜是悦吾停足、著新词。

【注】"真人碧落"：杜牧有"碧落真人着紫衣，始堪相并木兰枝"句化用之。

虞美人·二月兰

　　小园轻染琼英紫，几缕清香味。东风次第曳新姿，引得金蜂相顾、恨春迟。

　　信她野外凭空长，或是无人赏。草丛千点自寻欢，恰遇耆翁停足、且生怜。

虞美人·垂丝海棠

　　幽蹊又看花千朵，焉惧晨烟锁。晓阳方出瘴皆无，摇曳仙姿似说、意堪舒。

　　瞬间晚照敷红粉，倩影何须问。只愁贪睡不知醒，一任春光乍泄、未留情。

　　【注】只愁贪睡不知醒：化用"海棠睡未足"典故。

虞美人·庚子春赏迎春花

华胥一梦和风醒，琼葶流光影。轻摇野艳自迎春，惹得飞蜂环绕、且情真。

曾逢杏月残寒掠，不负东君约。几回莺羽饰花台，且看玉妃摘朵、作金钗。

虞美人·庚子春赏樱花有寄

流光作粉勤敷面，风曳知深浅。昨宵玉露润新姿，蜂蝶清香频嗅、绕新枝。

蜀山野径留人醉，犹把韶华记。惜它春色悄然过，倏忽纷飞不住、奈之何。

虞美人·红花檵木

惠风萦绕流溪畔，花色凝眸看。红丝千缕映斜阳，笑靥相晖浮蝶、惹思长。

皆言上已春将老，仍觉清姿好。倚栏犹是梦中人，忘却轻霜盈鬓、去嚣尘。

虞美人·庚子春云帆栈道看紫藤花

晓阳漫浸藤花紫，桃杏知无几。香衣映水织罗帘，野鹜飞来碎影、縠纹潜。

去年挚友曾相聚，今夕分歧路。纵然青帝复应时，亦觉心生倦怠、莫为奇。

虞美人·芍药

重依叠石青丛出，初绽幽香溢。湖风滋润着仙颜，摇动霓裳欲起、入瑶山。

腰缠一带多为相，鸿运焉能忘。怎知宵雨忒无情，总是空留遗恨、在芜城。

虞美人·美丽月见草

薰风尽染琼园绿，一地繁星续。知她昨夜侍姮娥，但饮千杯醴酒、醉颜酡。

晓来日出流霞色，敷粉心怡得。也如红药舞仙姿，休道形骸有异、未相宜。

高阳台·赏秋花有得

琼苑清风，苔堤病柳，独观曲径繁花。芳蕊轻摇，若个锦绣罗纱。惹得蜂蝶频相顾，吮粉香、秋意难赊。况闲游，长听飞凫，取次飞霞。

芜城自古销魂地，应记骑鲸客，阅尽春华。不信西风，亦能催放奇葩。饱看山水流光泻，者红妆，突兀焉遮？况归来，衣浸流香，火镜西斜。

金缕曲·丁酉夏赏荷有寄

人道平山远，却琼园、芙蕖斗艳，放香溪畔。扶杖瑶池流连处，蜂蝶翻飞盈眼。罗裙绿、芳菲敷面。更看斜阳勤着色，且熏它、云蕊都红遍。揽此景，思难遣。

暖风吹得青纹浅，向菱镜、碎影霜发，始知神倦。嗟叹三春皆过矣，惟有莲台为伴。直留个、老槐空见。纵是西施描翠黛，只拼来、烟雨陶朱苑。谁记取，旧时燕？

【注】2017 年 6 月 13 日前往农科所赏荷花，有感，记之。

看花回·丁酉晚春偶看牡丹有得

漫步幽蹊，清香几缕熏展。一路流光直泻，且篱竹红衣，金蕊涂蜜。蜂媒蝶使，起伏花间飞未息。生意趣、拟摄芳心，若个纯阳戏国色。

风染绿、东君手笔，水浮脂、西山昏夕。长念嫣然梦幻，即刹那过矣，坠英谁拾？丽娟复至，争奈韶华成相忆。只留得、老青叶，倩影无踪迹。

【注】纯阳：吕洞宾，道号"纯阳子"。丽娟，牡丹花神。

八声甘州·戊戌晚秋咏木莲

正金风萧瑟坠秋桐，一蕊傲寒霜。向幽蹊倩影，芳菲浸袷、绿叶红妆。笑看翻飞黄蝶，几度付流觞。悄趁曦阳照，漫染霓裳。

皆道清商寂寞，况群英隐迹，乍暖还凉。兀自催花发，堪比鼠姑香。且消受、欲归不得，摘琼枝、镇日点新装。都休管、野莺穿过，余韵悠长。

念奴娇·己亥春看杨花思旧梦

群芳隐迹。只杨花、乘得薰风朝夕。飘忽不停天际去、解道思登仙籍。缱绻新痕，悠然旧梦，兑个云生息。韶华如昨，几回萦绕堪识。

犹记茅屋柴扉，青缃作伴，拟执江郎笔。纵是三更皆静寂，朱案明灯难黑。似趁灵槎，且临瑶岸，怎奈空勾勒。卅年过矣，又看琼宇飞白。

满庭芳·己亥春过鉴真大道赏樱花

漫浸禅声，悄乘御辇，碧枝淡粉新妆。簇围大德，端坐沐云光。蛱蝶纷飞寻梦，者芳蕊、得意成双。浑凝处，听鸠淑女，仰望醉幽香。

玉姿天似幕，流霞作伴，东海为乡。料如是，亦愁邻舞刀枪。恩怨数年度过，惟佛子、梵呗难忘。花盈目，惹人思绪，古塔铎音长。

插画：庞现青

过润扬大桥

天途疾驶玉栏长，闪烁红灯作靓装。
直视西边思绪起，黄波暝色两茫茫。

大洪山宝珠峰

宝珠镶嵌越虚空，漫吐溪流万载功。
敲得钟声环古寺，禅音复浸佛光逢。

又

沟壑纵横俏石多，山泉一聚水长歌。
遥望白鹭三千点，负得流霞几缕过。

平谷丫髻山

苍松挺拔九霄云，碧水相环野鹊闻。
漫踏层阶寻古迹，花香浸袖夕阳熏。

又

诚塑玉皇承大道，广生敷锡度春秋。
御碑墨迹言今古，一曲京腔出戏楼。

又

暮鼓晨钟古刹声，神仙得道自留名。
御封金顶香千缕，梦蝶翻飞悦晚晴。

【注】广生敷锡：丫髻山玉皇阁内奉玉皇大帝塑像，有康熙题匾额"敷锡广生"。

南乡子·看上海博物馆

地下起春风，千缕浮云过碧空。凝目老街窗牖在，香浓，帘卷青娥蜡烛红。

停足看耆翁，有轨公交载向东。水埠依然留旧迹，朦胧，恰是三零一笑逢。

【注】沪上觅地铁出口，偶然看到旧上海的造型有感，填词记之。三零：指旧建筑上"1930 年"的字样。

南歌子·岳麓山白鹤泉

石罅琼露出，甘泉碧镜明。古今皆得润芳名。蒙洱一壶同煮、淡香生。

白鹤曾留足，啼岩尚有声。春风伴我麓山行。莫忘水边倚树、听流莺。

【注】蒙洱：湖南茶名。啼岩：白鹤泉南侧的笑啼岩

南歌子·游橘子洲头偶得

　　澄练生云翳，沙洲化橘颜。洞庭岳麓此相连。
便得神州灵秀、住其间。

　　指点须言志，沉浮或问天。风流人物自华年。
初览古今胜迹、识机缘。

南歌子·栖霞寺

　　缕缕香烟袅，时时梵呗传。一湖明镜照千年。
尽得佛陀妙法、说其间。

　　三论为精典，丛林执宝冠。今朝禅意胜从前。
更听鼓钟晨暮、绕青山。

南歌子·游栖霞山

和风春色地，明湖水镜天。尽占灵秀古今传。
犹记几回帝至、悦龙冠。

陆羽茶堪品，营盘址当看。欲来此处必登山。
况遇祥云环绕、尽开颜。

南歌子·栖霞区

江水滋福地，山峦化碧龙。古今趣味亦相通。
立足栖霞胜境、醉香浓。

长看工园态，频生学士风。仙林新港两交融。
始识鲲鹏展翅、韵无穷。

南歌子·汨罗江

　　澄碧随云去，黄莺隔叶啼。流光照水化金衣。村舍粉墙点缀、著新诗。

　　偶立江亭悦，长思楚地奇。灵均足迹乃须追。识得离骚意境、似来迟。

南歌子·闲步浦东三林镇偶得

　　一路篱笆竹，繁藤碧玉墙。清流足下映曦阳。几许榴花胜火、点秋装。

　　金燕寻春梦，虬龙隐藕塘。聆听吟诵韵声长。直看溪边踱步、少年郎。

看花回·初春游沪上花鸟市场

万朵红霞聚一堂，随意芬芳。半池澄碧凭空在，看锦鱼、戏点浮光。珊瑚潜水底、紫气瑶乡。

驻足仙山绿与黄，拟觅霓裳。漫移陶器朱台置，越千年、自得雅妆。任吾凝目处、如对春觞。

喝火令·沪上世博源

汲石琼楼叠，青藤玉顶悬，彩烟升处跳珠连。高望一天星宿，倏忽坠池边。

管乐凭空转，霓灯浮地旋。紫都仙境梦翩跹。几度凝神，几度叶流丹，几度淡香熏袷，若个水云间。

【注】世博源：上海购物中心名称。

唐多令·游沪上南京路步行街偶得

旧道菊香旋，琼楼云霭环。老招牌、尽得新颜。昔日车龙何处去？惟见个、客摩肩。

宝鼎玉阶前，幽兰里弄边。况寻来、闹市秋园。漫品清茶思故地，卅年过、两重天。

西江月·戊戌初冬十五外滩偶得

遥望凉蟾高挂，还逢珠塔相牵。江波溢彩映瑶天，几度梳妆不厌。

浑若外滩遗梦，须知夜景生缘。更听一曲润心田，堪胜佳醅千盏。

南乡子·沪上行 三首

高铁浮风

桂月乘风，北固沉波起玉龙。两侧青霓敷面去，朦胧，一霎成烟复隐踪。

过影千重，更倚轩窗品味浓。蓬岛散仙浑若是，耆翁，轻踏浮云直向东。

【注】北固：北固山，代指镇江。

登东方明珠塔

直上青霄，欲与天公试比高。仰视长空寻帝阙，飘摇，几缕浮云任寂寥。

俯瞰江潮，碧带星楼接玉桥。须道夕阳无限好，犹娇，归雁扶风一路遥。

夜景宜人

暮日方离，一地胭脂尽作奇。巨笔撑天涂画色，参差，满目楼台若彩霓。

上隐星稀，只为新秋紫阙迷。长倚玉栏观夜景，心怡，些许清风拂晚衣。

南歌子·戊戌春兴化采风组词 六首

兴化市博物馆

玉砌轻移步，明厅频住眸。昭阳遗迹匿琼楼。始识士诚起义、执吴钩。

宾甫驱倭寇，希文治水洲。施公《水浒》作源头。八怪画风犹在、著千秋。

【注】昭阳：兴化的代称。士诚：张士诚，元末兴化白驹场盐民，至正十三年（1353 年）发动起义，纵横两千里，建都平江（今苏州）称吴王。后为朱元璋所灭。宾甫：胡顺华，字宾甫，湖广武陵人嘉靖三十五年进士，次年任兴化知县，任职期间重筑城墙，积极备战，使得倭寇不敢进犯，当地人民为他建立生祠。希文：范仲淹，曾于天圣初年知兴化县，主修捍海堰。施公，施耐庵，《水浒》作者。

非物质文化展示馆

　　成氏庭园老，非遗展馆新。长廊连阁列奇珍。搜得几回庙会、悦游人。

　　箍桶铅丝紧，编鞋稻气真。缓提笼罩网鱼勤。闲步一周难忘、味清淳。

　　【注】成氏：成珬。明永乐年间大司马，其宅现为非遗文化展示馆。

郑板桥故居

　　翠竹环陋宅，流光翻绢书。凝观画轴自神舒。聊避雨风几度、柳烟梳。

　　黄菊泡茶盏，青盐煮菜蔬。一官来去未知孤。翰墨相陪为友、得心愉。

　　【注】聊避雨风：故居有一门匾为"聊避风雨"。
　　黄菊泡茶盏，青盐煮菜蔬：故居灶台出有板桥对联"白菜青盐粞子饭，瓦壶天水菊花茶"，此处化用其意。

拥翠园

园阁池摇影，烟花人浸衣。长廊叠石映朝晖。
漫赏名家墨趣、说神奇。

悄得春风至，皆为古韵迷。广陵游客道情滋。
一览板桥遗迹、识先知。

兴化县署

遒字涂金色，官衙鸣鼓声。千年狮石立门庭。
漫睹亲民堂里、日晖盈。

明镜长时挂，清风片刻生。古来诉状看谁听。
留得遗痕几处、唤人醒。

千垛风景区赏菜花

趁得和风挚，还观金羽衣。遥望阡陌尽琉璃。
缓步登楼揽景、怨来迟。

兰舫穿青镜，流云映夕晖。谁教蜂蝶粘人飞？
拟在花间一醉、悦春时。

南乡子·姑苏行 五首

登天平山

叠石嶙峋，万笏朝天幻化真。一线阶梯焉可入？偏身，越过龙门惬意人。

立顶凝神，玉阙仙音若在闻。遥望绿罗皆脚下，清新，挥袖犹随几缕云。

谒范仲淹塑像

绿色葱茏，独展清姿不老松。叠叠文章藏锦绣，薰风，尽染襟袍正气浓。

鬓发霜重，直记当年楚国公。勤政爱民遗迹在，碑中，犹见为官教化功。

游盘门风景区

瑞塔穿云，野雀翻飞噪晚春。弄碧清风频碎影，犹闻，暮鼓禅音涤落尘。

漫步盘门，伍子当年亦有痕。流水小桥言旧事，词真，千缕花香慰故人。

泛舟苏州护城河

古邑流波，拨绿兰舟故事多。玉指丝弦吴调出，风和，小口轻开一路歌。

岸柳摩挲，漫点新纹白鹭过。斜倚琐窗情趣起，吟哦，裁得油诗说碧河。

闲步山塘街

水阁相依，小棹穿梭燕子飞。酒幌随风飘不定，人迷，拟品佳醅醉一回。

晚照胭脂，浸染虹桥亦作奇。轻踏玉阶寻倩影，参差，金钿流光竞夕晖。

蝶恋花·戊戌春江都邵伯采风 四首

看邵伯甘棠树有得
（分韵得"伯"）

老树葱茏思召伯，伸展虬枝，犹见甘霖泽。巡视一方心有国，民风淳朴人安逸。

更念谢公留足迹，筑埭江都，善举垂青册。闻得莺啼朝与夕，先贤当为歌功绩。

【注】召伯：西周召公，又名召伯，巡行乡邑时，于甘棠树下听取民讼，为百姓排忧解纷，东晋谢安于此筑埭，解东涝西旱之患，民受其惠，盖比召公，建甘棠庙，植甘棠树纪念。此树龄已有七百余年。

游斗野亭

翘角临风云几片，蜂蝶翻飞，尽惹烟花乱。碑刻遗痕凝目看，苏黄诗韵熏苔岸。

远望清波如碧练，直系神牛，作个青龙伴。斯景搜来人缱绻，轻扶案牍蛮笺展

真水慈云

　　东水清波西水舫，约嫁和风，且把佳醅酿。滋润丛花人共赏，闻它一刻精神爽。

　　彼岸佛光环旧港，几缕禅音，偶听休相忘。缓步古堤苔绿长，掬来春色谁同享？

绿樱花观感

　　一树绿樱开古道，殊异群芳，直觉青香绕。堤岸凝观尘世少，何时变种谁知晓？

　　独举相机留倩照，词著黄笺，藏个清姿貌。许诺经年春色到，赏它倩影花中笑。

　　【注】邵伯采风，偶观绿樱花，记之。

荔子丹·游牛首山组词 四首

禅境大观

仰看娑罗妙境珍，倏忽涤心尘。涅槃光照晓和暮，禅音绕、只度有缘人。

千回梵呗佛陀身，说法转初轮。更识菩提丛叶绿，悟如来、得个长春。

舍利藏宫

直下层阶觅地宫，衣袖浸香风。几回光暗照莲座，人沉默、舍利此相逢。

长思得道雾千重，亦是慧民功。教化终为除八苦，独赢来、妙处无穷。

佛顶塔

小雨殷勤滴伞鸣，重雾笼高层。忽闻铜铎伴风响，惊檐雀、一路去无声。

轻移竹杖塔前停，玉匾墨痕清。碧水潺潺思净手，谒菩提、着意心诚。

婴行图

七步周行指地天，唯我独尊言。法轮新转说经要，王权舍、苦炼且弥坚。

凝眸塑像佛光连，思绪复飞旋。始识禅声藏圣谛，数千年、古国流传。

【注】"七步"句：指佛陀初生便周行七步，一手指天，一手指地道"天上天下，唯我独尊"事。

生查子·游溱湖组词 五首

泛舟溱湖

碧水接云天，繁荻飞鸥鹭。兰舟破青纱，金佛环轻雾。

依窗偶听歌，揽景频生趣。登岸几回头，熙风传笑语。

独木小桥

芦叶绕汀洲，圆绿连湖榭。玉柱卧清波，结网遮尊驾。

轻扶铁索栏，缓御孤桥马。恍若梦中行，隔岸闻香麝。

农事乐园

绿树隐农家，柳岸扳罾系。网起复无鱼，竿落空相记。

转木可浇田，离足难储水。轻扣柴扉开，茶香悦知己。

碧波栈道

蕙风戏縠纹，茅舍连长栈。遥望起青龙，缓步浮霄汉。

水芝湖畔香，西子云中燕。扶槛野凫飞，随波渐行远。

马上木兰

榴红曲蹊香，蹄落尘烟起。何人跨青骢，一霎随风至？

忽听笑声盈，元是仙娥戏。有意赋悠闲，蓬岛春心倍。

南乡子·游溱潼古镇偶得 五首

闲步叡园

树绿池清，串串红笼瑞气升。隐约相携三院士，登亭，倚案犹闻诵读声。

翰墨香盈，孝德人家老镇名。闲步小庭生敬慕，心明，方识斯园胜玉京。

【注】"孝德人家"句，指叡园厅堂有民国总统徐世昌所题"孝德永彰"匾。

花影清皋

曲径幽深，绿叶悠闲瑞气侵。浩劫千回身健在，遮阴，六最名株冠古今。

伫立扪心，一度凝眸偶听禽。松塔宋风年代远，如金，琼苑余香几染襟。

【注】六最名株句指：此茶花树植于宋代，是罕见的华东古老松子品种，古称"松塔"。到目前为止，是"树干最高、树径最粗、树冠最大、树龄最长、花开最多、地界最北"全球人工栽培的茶花之王。

香飘酒坊

小苑青藤，旧壁熏颜比绛英。"酒"字居中浑若斗，传承，老巷飘香曲蘖成。

漫步坊庭，瓦瓮高低玉砌横。谁品杜康寻古意？吾朋，初解风流太白名。

私塾印记

满目榴红，小巷深深麦序逢。诵读书经私塾在，帘重，至圣先师教习功。

一代文宗，治学思维积淀丰。长记案台香气袅，花丛，衣袖频侵古邑风。

卖妻契约

彩轿幽香，觅得仙娥入洞房。淡抹胭脂铜镜里，罗装，一片冰心付玉郎。

孰料时长，不惑夫君惹祸殃。宣纸墨痕书契约，神伤，争忍将妻换大洋。

【注】在民俗馆看到一张解放前的卖妻契约有感，记之。

南歌子·海安行组词 四首

访耄耋老人

天阙雨初歇，扶桑云未红。拾阶偶访百龄翁。
鹤发神情矍铄、悦相逢。

挥手珠玑字，持家简朴风。焉知为国建殊功？
不老南山松寿、篆香浓。

【注】访九十二岁高寿的离休老人刘宝民，记之。

七战七捷纪念馆

缓步香堂内，凝眸墨画中。似听紫石号声重。
诸葛运筹宣堡、见奇功。

鼙鼓犹过耳，旌旗漫卷风。赢来七捷战歌丰。
更有旧痕还在、说耆翁。

【注】紫石县，海安曾用名。宣堡，宣家堡战役，
七战七捷之一。

看新四军廉政馆

　　玉壁涂绯色，纱橱生墨香。苏中治理自芬芳。廉洁风熏军旅、味悠长。

　　立法贪污去，严行正气扬。马缰损树亦赔偿。纵是当今官吏、莫相忘。

　　【注】马缰句指粟裕系马损树赔树事。

游览韩公馆

　　碧瓦琉璃苑，苏中处士家。晚清举子玉京花。上达天聪闻旨、赐香茶。

　　皓发飘然趣，名儒意自赊。何须倭寇一乌纱？驾鹤远飞瑶阙、沐朝霞。

　　【注】此词参观海安韩国钧公馆而作。韩国钧，爱国志士，晚清举人，反对帝制，系当地名士。

马尔代夫之旅诗词 十六首

乘机

轻御鲲鹏上碧霄，扶摇万里海崖遥。

沪扬数九寒霜至，马累和风别绪消。

听潮

凝神闭目立阳台，奔泻潮波脚底来。

直听沙滩声万叠，浑如击筑韵徘徊。

日出

伫立银沙望远东，水天一色几回风。

扶桑忽见曦阳出，惹得天涯尽染红。

蝙蝠

千株椰树淡香薰，一鸟高悬未入群。
笑语惊它离我去，犹如鹰隼破流云。

潜水

身着乌衣潜海中，几回探底叩龙宫。
何须龟相迎来客，千盏香醅趣味丰？

听曲

九霄明月正当头，海角沙窝天籁酬。
移动霓虹涂夜树，始知尘世小瀛洲。

老鹤

碧波拍岸映朱楼，仙羽飞来立浦头。
欲递乡关书锦字，长鸣曲项为谁忧？

沐浴

木屋朱台兀自妆，玉池承露待檀郎。
邀来明月堪为伴，暗送微风一缕香。

鱼趣

霓光染色縠纹连，惹得鱼虾未入眠。
何物几回龙殿扰，肥唇慢启水声传。

野泳

曦阳慢浸海沙红，野鸟翻飞碧水东。

老叟亦为童趣事，戏波作乐味无穷。

快艇

海风牵发快舟行，搅动清波若驾鲸。

且看玉龙随浪起，跳珠敷面自身轻。

栈道

浅海千根石柱长，凭空架起玉龙床。

双鱼方丈同相接，尽沐星光与日光。

【注】双鱼：指马尔代夫双鱼岛；方丈：指传说中的仙境之一。

茅屋

茅屋滩涂避海风，凭窗可觅紫微宫。
此居亦得蓬莱趣，何必惟钦采菊翁。

仙子

白沙绿树接云天，神女临波思绪连。
宝镜莫非遗浅海，欲寻此物续前缘。

【注】 "宝镜莫非"两句，引用临波仙子磨镜觅缘的传说。

秋千

丝绳轻动月星移，长听潮波韵作奇。
俦侣盈盈传笑语，晚风几缕自心怡。

归航

银鹰穿破雾千重，上达天都下过峰。
仰视星光随我动，俯观雪色若隆冬。

水龙吟·丙申岁末马尔代夫游记

双鱼碑立银沙岸，繁叶复遮茅屋。数根石柱，几条栈道，直连港渎。椰树摩云，佳人欢语，惊飞悬蝠。看乌衣潜底，神龟迎客，天来鹤、除凡俗。

更有风牵罗服，月当空、彩霓万束。秋千曳影，曲声充耳，西施盈目。水榭观波，朱台斟酒，玉池承浴。与蓬壶海岛，奇珍多异，皆仙家筑。

【注】双鱼：即双鱼岛，马尔代夫度假村。港渎：指这里指海边。宋陆游《幽居》诗："每为游鱼疏港渎，更缘啼鸟植楸梧。"

采桑子·丁酉岁末高邮临泽采风组词十首

子婴河

清波碎影飞金叶，些许寒风。古邑江通，不废秦朝疏浚功。

小桥闲踏凭栏望，云水相逢。黄蜡香浓，漫浸南来潘鬓翁。

【注】潘鬓：斑白的头发。西晋潘岳《秋兴赋》有"斑鬓发以承弁兮"句，后即以潘鬓作为鬓发斑白的代词。

学士巷

凝眸旧壁风侵袷，几缕幽香。门第何藏？惟见名牌立故乡。

悠悠岁月长街老，斑驳檐墙。横匾流光，似说当年冠一方。

制秤小店

蹊边陋屋斜阳照，玉案传声。一叟通灵，银汉移来作秤星。

金钩吊得凡间物，斤两分明。浑若人生，处事心公自不惊。

六朝古县浮雕

曦阳临泽勤渲染，硕印流丹。伫立闲观，一霎飞来金雀喧。

六朝古县端倪见，浮想联翩。绿水相环，须记今朝更好看。

【注】六朝古县，临泽曾在南北朝期间独立设县长达 109 年。

恒顺香醋发源地

偶观恒顺初源处，思绪连绵。一醋纯鲜，漫品怡心香气旋。

须知为展宏图志，金辇南迁。古镇寻缘，惟听颓墙碑石言。

临泽成人教育中心孔子塑像

一尊雕像园中立，衣袖生香。论语千行，克己修身知短长。

六经先圣勤编订，今古流芳。凝目难忘，若个仙翁入校堂。

临泽诗友相聚

农家朱案银盘叠，尽沐香风。骚客相逢，意到深时酒兴浓。

心怡同道多同语，韵味无穷。裁句难终，焉管斜阳云几重？

安乐寺万佛塔

齐云一塔寒风浸，摇响铜铃。野鸟频惊，翘角穿梭夕照明。

闲登玉砌金堂阔，万佛相迎。琼柱龙腾，伫立须臾禅意生。

关帝庙遗址

残垣断壁青鸾去，满目荒凉。衰草枯黄，偏得风寒几许霜。

凝观立柱生灵气，焉可相忘？云过思长，谁念拈香旧道场？

临泽红色广场

轻开画轴群雕出，又见红船。星火燎原，古镇春风浸地天。

钢枪手握驱倭寇，保卫家园。驻足凝看，忽听梅枝野鹊喧。

南歌子·丁酉游溧阳太公山 四首

太公山钓鱼台

灵台仙足印，溪边鱼篓痕。直观古邑竹竿珍。曾钓王侯大鳄、定乾坤。

旧迹当须访，先贤更可循。今时犹见那时人。惹得风云迢递、又秋春。

太公山龙兴寺

柱烟笼宝鼎，钟声绕寺堂。拾阶直上沐禅光。尽染一山瑞气、浸罗裳。

蒲垫留居士，笺符入玉章。神灯还供佛身旁。偶听梵音飞至、浴流香。

太公山百无禁忌广场

驾得香风落，赢来野鸟鸣。穹庐长听绿琴声。
倒挂金钩献艺、笑颜盈。

此地封神罢，曾生扫帚星。灵符一出九霄明。
浸透人间春色、尽喧晴。

【注】"此地封神罢，曾生扫帚星。灵符一出九霄明"，指姜子牙不经意间，封了马氏扫帚星危害百姓，姜子牙知道后，便写了"姜太公在此，百无禁忌"灵符，以保百姓平安事。

太公塑像

葱翠环山顶，薰风绕玉阶。摩云仙像立灵台。
白鹤凭空徐落、紫光来。

封册流香气，神鞭去恶霾。阴阳两界是非裁。
趁得春秋时候、纵形骸。

【注】春秋：春秋时期。纵形骸：指太公功成名就后，游历天下。

南歌子·宜兴灵谷洞

深谷浮青霭，幽蹊绕彩霓。跳珠几许脚边飞。
玉笋凭空悬挂、铸神奇。

乳石堪为画，灵泉不思归。何来妙法惹人迷。
一霎壁岩千佛、化新姿。

南歌子·遥看龙池山

竹色青峰叠，禅声古刹飞。澄光普照万千回。
琼柱浮云频绕、映朝晖。

羁客苔蹊止，流莺绿叶啼。一程闲步独徘徊。
约个经年重访、莫相疑。

南乡子·过沪上宝丰花鸟市场组词 三首

鲜花烂漫

缓步曼陀庄，康乃馨开意未央。难忘菊丛熏我眼，悠长，衣袖犹侵几缕香。

栀子莫须藏，剪得琼枝饰陋堂。妒煞越年东木帝，除霜，只合烟花作伴娘。

变色龙

木屋射霓灯，轻卧金沙竖耳听。倏忽眼开观世界，昏暝，些许莺啼惹尔醒。

垂尾拟潜行，老树长遮隐陋形。偶遇险情频变色，黄青，识得真身有几卿。

汲水石

蚁国恰如斯，凝目随它入梦时。通透一山仙境里，称奇，偏向云巅趁翠微。

盆小绿苔滋，若个乾坤陋屋移。巧手叠来新洞府，芳菲，悄隐斜阳不念归。

山花子·游齐云山 五首

轻登缆车

紫气飘然绕帝都，斜悬铁索作天书。趁得缆车穿云去，卷罗裾。

人在青霄惊俗世，鸟飞丛树向琼庐。俯视楼台何渐小，且稀疏。

老子雕像

仁立琼山去杂尘，手中太极有乾坤。桂子香风频润泽，绕祥云。

道德经书醒俗世，无为释意教传人。赢得庙堂多供奉，叠奇珍。

闲步天门

琼砌千层接野云，石崖翠柏向游人。几度重门通玉阙，摘金轮。

频看流莺飞脚下，偶闻笑语出仙邻。纵是天音多梦幻，亦当真。

山脚"道"字

　　山驿红笼几串悬，清商檐角响铃连。偶见石崖书一字，墨香天。

　　不识道经真道理，焉能仙阙结仙缘？刹那夕阳暝色布，悟心难。

摸"寿"字岩

　　岩壁金光亮眼时，层阶羁客尽成痴。朱子挥毫留遗迹，味难追。

　　伸手抚摸长寿至，凝瞳直为落霞迷。拄杖拟归云浸袖，菊香飞。

山花子·游翡翠情人谷组词 五首

情人桥

横跨清溪作彩虹，金栏玉锁说情衷。绯带千条曦阳照，染流淙。

闲过琼桥心缱绻，长闻笑语意朦胧。争奈韶华皆去矣，叹时空。

玉环池

瀑布奔腾泻串珠，深池坠落湿青芦。直听溪流清越韵，得心舒。

翰墨留痕山涧壁，玉环无据碧游居。闲踏幽蹊生隐意，念陶朱。

地书"爱"字

独自闲行踏玉阶，清商吹拂墨香来。忽见地书红一片，映苍苔。

桃李相依新倩影，妪翁频忆旧情怀。更听潺潺溪水过，韵和谐。

雷雨潭

翠谷幽蹊独自行，远听山涧跳珠声。只为猎奇寻它去，趁天晴。

一霎玉龙巢穴出，频观匝地雪花醒。凭槛长闻流水曲，自神清。

情人谷的传说

幸得东君绿树妆，几多才俊浴山光。涉险寻幽真趣味，伴花香。

石上三生俦侣久，城中一世白头长。翡翠旧名添爱字，月神忙。

唐多令·游金牛湖风景区组词 五首

登金牛山

玉顶接天门，琼枝笼片云。着芒鞋、缓步前伸。
千级台阶过足下，香盈袖、倍精神。

俯视镜湖新，仰观古刹珍。更禅音、涤我心尘。
终是凌霄多异草，焉比得、摘星人。

看情人石

重八牧牛时，秀英心独痴。念郎君、泪洒罗衣。
酥饼藏胸为饱腹，情真挚，惹深思。

对石且相偎，幽蹊堪作奇。入云龙、谁个能知？
鞭指九州成一统，皇朝立，后名归。

鲤鱼上山

潭水漾清波，鱼精登石坡。赴皇城、奏个笙歌。
蹊滑山危行不得，且神倦，奈他何？

天碧月轻挪，花香鸟附和。趁此时，梦里消磨。
岂可一眠千百载，大明隐，烂槐柯。

游金牛湖

杉柳共繁荣，水天一样青。且乘风、兰舫穿行。
一霎玉龙浮浪起，人凝目、雨烟生。

绿影笼云明，野鸥绕榭惊。一缕香、惹我神清。
元是姮娥佳醴酿，中秋至、木樨醒。

金光禅寺

一路桂花风，几回枫叶红。直仰观、合十神童。
梵呗千声熏宝殿，欲度个、有缘逢。

蒲垫谒禅宗，释尊凝漆瞳。转法轮、心底皆空。
独自凭栏山下看，人隐约，水朦胧。

菩萨蛮·游捺山地质公园组词 六首

捆石坡

仙绳谁祭凭空落，捆来石柱为云脚。俯仰九千年，焉知混沌天。

山边凝目看，相拥未离散。更得草花妆，拟将梦蝶藏。

青龙潭

春山绿水涟漪起，白鸥重掠金麟碎。潭底隐青龙，焉能唤雨风？

轻扶池上树，直探崖边路。呼友竹竿来，钓谁君莫猜。

过栅栏

幽蹊迢递薰衣草，栅栏横阻争分秒。倚树越它过，衣侵花几多。

芒鞋苔地滑，蛛网林间结。拄杖逐飞虫，须臾见彩虹。

豌豆花

春光独浸连天紫，一程浮蝶随风起。驻足立花丛，分明蓬岛中。

摘来青豌豆，熏得淡香袖。倏忽听吹声，浑如莺雀鸣。

山盟石

熏风漫漫三生石，浮桥只度姻缘客。瀑布奏银筝，红绸系玉卿。

轻登悬索道，惟见过云鸟。两岸缀槐花，春光何用赊？

步幽径

石阶迢递连山顶，一程修竹摇清影。偶遇坠衰红，始知春暮中。

野莺啼不住，晚照总相顾。远望片云飞，几回燕子归。

南乡子·己亥春再访溱潼古镇组词　四首

溱潼叡园

绿水浮光，锦鲤潜游倒影长。桂树葱茏成伞盖，流芳，一梦携吾院士乡。

紫气飞扬，浸染琼园意未央。兄弟俊才高八斗，难忘，凝目些时发亦香。

溱潼私塾馆

旧馆风轻，次第传来诵读声。塑像高悬尊至圣，聆听，倚案蒙童学识增。

戒尺无情，萎靡门生几下醒。凝看犹知今古意，心明，除却诗书不可名。

南乡子·溱潼老槐

老树清姿，往事千年似可追。缕缕禅音相浸透，成迷、得子焚香佑任知。

直看根奇，若个娇娃抱不离。羁客远来频许愿，风吹、千叠红条映夕晖。

【注】传说于右任曾携夫人到树下祈祷得子。

南乡子·访高二适故居

小巷琼楼，笔墨官司似不休。欲辩兰亭真或伪，除忧，直达毛公印迹留。

伫立凝眸，始识当年夏与秋。争奈有无难定论，搔头，须信花开竞自由。

【注】"直达毛公"句，指高二适就《兰亭序》真伪与郭沫若展开辩论过程中，毛主席提出"笔墨官司，有比无好"的高见。

己亥暮春溧阳采风诗词 二十七首

神仙潭

一水卧无波，沉云织绣罗。

依亭尘俗忘，惟听野莺歌。

玉簪泉

长流泉水味淳甘，　收得天光作玉簪。
更待和风携雨至，　明珠万斗入清潭。

神女心

清风千缕过山林，　摇动平陵少女心，
争系红绳输爱意，　云台轻踏锦笺吟。

神女湖

神女乘风下溧阳，　流霞千片作梳妆。
先行锦鲤开龙殿，　一水胭脂一水香。

一号公路

彩带逶迤接碧霄，人车来去若江潮。

飞来神女痴心住，天地穿梭暮与朝。

耕渎庐

一泓碧水绕亭台，奇石收藏乐自来。

耕读传家行孝道，烟霞洞里独徘徊。

方里村

"同"字清波自古奇，农田灌溉正当时。

史公造得千年福，稻菽流香一地诗。

文靖园

辅佐三朝数史公，钦差八省立奇功。
一尊石像青松伴，尽显当年学士风。

南山十一间

傍山依水天然趣，卧室流香涤俗尘。
帘卷犹观黄雀过，余音几缕慰游人。

又

曦阳初出阆园红，漫漫南山竹海风。
柳絮翻飞犹拂面，几回燕子绕苍穹。

又

淡雾频滋小苑新，花香千缕着情真。
夜来更听霓裳曲，明月高悬照旅人。

溧阳丫髻山

山间拢翠野莺喧，栈道浮波又一村。
但看垂丝沉水底，钓来锦鲫对金樽。

又

登山拄杖趣无穷，漫漫流香醉碧空。
绿叶琼楼相映衬，浑如身置玉京宫。

丫髻草堂

漫踏斜坡茅屋寻，风吹"驿"字听鸣禽。
有联似说山光好，修竹摩云悦我心。

又

红笼高挂竹篁摇，丫髻流光泉水烧。
欲仿前人归隐意，可怜暮雪任风飘。

晶阳山庄诗友初聚

乘得和风赴溧阳，九珍叠案任吾尝。

民歌一曲盘为乐，舞蹈几回粉未妆。

银幕飞鸿相识短，山庄聚会笑言长。

虚空明月知情义，春暮轻飘桂子香。

南歌子·晶阳山庄

修竹山庄绿，流霞栈道红。莲池润泽小楼东。
晨起凭栏欲醉、草香浓。

花叶凝清露，层阶接碧空。高枝野雀韵声重。
似说堪留此处、作仙翁。

南歌子·登丫髻山

　　缓步登山路，流香绕我身。陡坡驻足总留痕。
更看一身疲惫、莫逡巡。

　　仰视云依旧，低扶竹节新。层阶曲径接天门。
一览琼楼蚁小、帝言闻。

　　【注】帝言闻：李清照《渔家傲·天接云涛连晓雾》
有"仿佛梦魂归帝所。闻天语，殷勤问我归何处"句，
此处化用之。

南歌子·瓦屋山宝藏禅寺

　　坡路连瑶阙，山巅传鼓声。驱车敢在九霄行。
绿树轻遮古刹、与云平。

　　宝鼎香烟袅，禅音俗界听。置身瓦屋净心灵。
始识诵经不易、助人醒。

南歌子·韭菜山地质公园

峭壁丹霞色，春湖弯月形。亿年顽石似通灵。
几缕清风碎影、悄无声。

山顶斜琼树，尘蹊立小亭。凭栏远望一天青。
欲踏闲云环绕、莫心惊。

南歌子·过天目湖偶得

雾霭笼山麓，涟漪绕画船。明珠龙吐片云端。
朱阁忽无忽有、水天间。

偶得香风浸，长听野鸟喧。太公仁立欲何言。
焉可直钩再钓、一湖湾。

鹧鸪天·溧阳黄金茶

翠岫凝珠去俗尘，熏风漫浸御浮云。青龙横竖卧山麓，静待平陵又一春。

住冰镜，觅佳人，南陂斗笠复逡巡。勤挥纤指金牙摘，竹篓流香梦亦真。

又

解道东君爱永平，漫熏茶树叶先醒。春山着色翠绸叠，时雨新滋香气盈。

金牙摘，玉壶烹，轻尝一口羽重生。须知青简曾留迹，仙府名藏功自成。

【注】永平：溧阳别称。"轻尝一口羽重生"，"仙府名藏功自成"句，唐代皎然《饮茶歌送郑容》有"丹丘羽人轻玉食，采茶饮之生羽翼""名藏仙府世空知，骨化云官人不识"句，化用之。

看花回·古渎看牡丹残花有得

古渎和风浸客衣，苔径青肥。牡丹花谢骸犹挂，意不甘、拟待生机。东君焉止步、幽梦难追。

国色流香屡作奇，趁得天时。未思云暮春将去，奈他何、自惹一悲。应知经岁后、依旧仙姿。

南乡子·溧阳南山看熊猫

拄杖上南山，云雾翻飞隐绿竿。谁度栈桥犹自得，无言，元是熊猫独转圈。

凭槛住眸看，直食幽篁若品鲜。解道本心思觉悟，清闲，任尔观摩笑俗颜。

南乡子·溧阳南山观竹林七贤塑像偶得

细雨夹熏风，滋润幽篁化作龙。初见七贤林里聚，从容，青眼焉为白眼同。

神解妙音功，漫奏琵琶韵几重。寄啸此山形态异，朦胧，直把愁心付酒盅。

【注】神解妙音：传阮咸通晓音律，有"妙达八音""神解"之誉，且善弹琵琶。

高阳台·别濑水

天目浮波，夜空皎月，春光尽在平陵。漫卷珠帘，修竹摇乱明星。犹记一曲民歌唱，箸频敲、遮莫忘形。又青鬟，起舞相邀，似结鸥盟。

偶逢五岳风骚客，算两三时日，兴起诗情。丫髻留痕，几度解惑神清。倏忽折柳终须别，者愁心、谁个能听。况轻吟，催湿冰眸，惆怅难醒。

水龙吟·南山竹海

扶摇直上巅峰去，一览群山修竹。流溪滋色，紫藤点缀，浮云熏足。筛雨侵衣，苔痕凝翠，风环幽谷。忽雾开日出，虬枝舒展，清香起、金波伏。

须记道琴声续，有伶伦、笛吹古国。鸡鸣村外，翻黄煮晒，刻刀娴熟。只看今朝，长廊寻梦，又听陈曲。且骚人赋句，春花含笑，洗凡尘俗。

【注】伶伦：黄帝时代的乐官，是中国古代发明律吕、中国音乐的始祖。选择内腔和腔壁生长匀称的竹管，制作了十二律，暗示着"雄鸣为六"，是六个阳律，"雌鸣亦六"，是六个阴吕。鸡鸣村：南山竹海山顶有一牌坊名为"鸡鸣村"。翻黄煮晒：指翻黄竹刻，将毛竹去青取黄，经过煮、晒、压平后，胶合或镶嵌在木胎、竹片上，然后磨光，雕刻成山水、人物、花鸟图案，再配上其他装饰材料，制成各种工艺品。

己亥中秋瓜洲行组词 五首

西江月·瓜洲公园观潮亭

拾级一亭高耸，流波两岸长新。红旗漫卷去浮云，画舸轻飞传韵。

磴道盘龙欲起，和风黄菊频闻。不知潮水过时分，隐约吴山堪认。

西江月·参观张若虚纪念馆

穿越千年屏幕，住眸楼馆珍奇。高悬明月入江时，几缕清风搅碎。

似觉若虚挥笔。长看流水东归。孤篇欲盖盛唐诗，独树古今一帜。

西江月·瓜洲踏月桥

微步平桥接榭，住眸澄练连云。游鱼吹浪乱金鳞，缕缕流光相衬。

踏月曾经留迹，饮香安可无痕？维扬羁客亦凝神，搜得几回诗韵。

西江月·银岭塔

驱逐九霄云翳，欣逢瀑水澄光。随风银杏舞金黄，咫尺相陪时长。

久得翠鬟扫塔，还熏雏菊流香。与君同沐一秋凉，莫负瓜洲几唱。

金缕曲、瓜洲公园沉箱亭

旧闸游龙越，织青帘、时闻舒韵，长看飞雪。流水琼亭留朱墨，些许和风熏发。向蹊畔、十娘木讷。抚盒兰舟愁未歇，恨命乖、谁惜香桃骨。望野渡，浪生没。

吾知瓦肆曾传曰，着仙颜、从良心切，做人意倔。争奈偏逢无情客，不解名媛性烈。且奸恶、巧言难遏。纵是清姿今犹在，皱柳眉、虚伪如何泄。惟落个，寄江月。

己亥仲夏东台黄海森林公园行 十一首

己亥小暑东台行

轻车直向东，一路趣无穷。
原野连天绿，香荷映水红。
神华驱叠障，树杪接瑶宫。
复嗅蓬壶味，惟熏近海风。

【注】神华：风车发电运营商，这里指风车。

条子泥观海

浅滩远接青天外，黄海翻腾叠浪来。
谁踏条泥搜宝物？浣纱仙子笑颜开。

绿野喷泉

蛟龙出水千层浪，扯乱浮光搅碎云。
欲上虚空成玉柱，珍珠幻化馈遗君。

生查子·雨夜

草地复笼烟，皆为风随雨。清溪起縠纹，水榭听蛙鼓。

星汉凡尘色，瑶阕莲花步。挥手带流云，笑靥凝香露。

生查子·竹岛

澄练耀金麟，直把瀛洲溅。谁将翠竹栽，摇影难知倦。

藤案品香茶，水榭飞雏燕。声起老龙潭，得道难相见。

生查子·雨中栈道

栈道穿原野，高树连云帕。繁叶织青帘，滴露侵罗褂。

缓步意可舒，凝目颜如泻。须趁暑时风，搜个雨中画。

生查子·森林科普馆

东海浅深水，西岸参差木。平林绕藤青，湿地望桃熟。

穿越一万年，重看三千畜。化作那时人，几度相追逐。

生查子·木屋群落

雨脚下高枝，蹊草生青羽。茅屋竹门开，着意留人住。

泼墨水山悬，充耳银屏语。漫煮一壶茶，香气神仙妒。

生查子·森林木人

不畏习习风，焉惧丝丝雨。林中抱琵琶，蹊畔观棋谱。

鸟啼聚神听，花艳无心顾。静坐欲何如，空待时光去。

生查子·知青林

树木已撑天，雨霰新涂色。立地卅年余，依旧流光吸。

争奈育林人，尽是银丝客。又听鸟啼枝，似说休空惜。

八声甘州·雨夜与友黄海森林公园散步偶得

正漫天细雨浸幽蹊，楼阁渐朦胧。况下移银汉，穿行瑶阕，梦入云中。听取野蛙弄韵，屡屡闹溪东。缓步皆诗语，欲探由衷。

犹记江淮妙笔，道名篇文脉，趣味颇丰。悟仙槎涉水，彼岸见霓虹。料一聚、时光倏忽，悦几回、心路亦相通。归来晚、芒鞋尽湿，袖裏清风。

鹧鸪天·山东磁山词 三首

温泉小镇

长听流溪涤俗尘，漫熏绿色倍精神。海风滋润成仙境，文化熏陶得永春。

度假地，旅游村，磁山空气世间珍。若居此处愁心去，尽遇平生愉悦人。

阴主广场

新绿相环春色盈，和风漫浸瑞云生。层阶轻踏广场阔，雕像长观思绪醒。

念阴主，佑文星。明清进士早知名。而今犹见垂慈目，似听磁山诵读声。

磁山瀑布

万斗明珠坠谷间，千重雾霭绕青山。藤萝浅绿婆娑叶，石洞深藏南极仙。

攀磴道，觅清源，偶观野鹊几飞旋。直看斜照频涂色，素练须臾抹彩颜。

【注】觅清源：贾岛《南池》诗有"萧条微雨绝，荒岸抱清源"句。

山花子·过重庆 两首

重庆四面山望乡台瀑布

宽幅珠帘起白烟，直垂山壁一溪牵。初出曦阳熏峭嵫，若流丹。

击石随风传曲韵，潜龙试水起波澜。伫立桥头人注目，不思还。

重庆四面山土地岩

赤壁连绵接玉宫，浮云环绕隐青松。瀑布长流织素绢，见奇功。

凝目神岩思有得，置身仙境韵无穷。庄蝶翻飞人惬意，且香浓。

射阳镇仲夏采风诗词 五首

苏中报遗址

案台依旧墨痕香，似说当年采辑忙。
大将风姿何处觅？ 红旗猎猎向曦阳。

驻马街

老街条石接牌坊，高匾新痕翰墨香。
谁把缰绳曾系此？ 至今犹听马嘶长。

采桑子·仲夏射阳镇寻玫瑰不遇

御车寻觅玫瑰色，寂静无踪。绿叶千重，似说
当时映面红。

莫愁此刻花衣隐，魂在虚空。经岁相逢，又是
芬芳一苑中。

临江仙·射阳镇古邗沟遗址

野荻轻摇苔岸，浮云沉醉清流。江淮河道两邗沟，引来瑶水碧，长沐藕香稠。

犹看遗痕深浅，方知古邑春秋。休嗟成败自人谋，乘风登画舫，惬意听鸣鸠。

八声甘州·游射阳湖镇荷园有感

御画舟分水过蓬壶，一霎起青龙。望夏荷摇曳，金蜂穿越，云乱湖中。惊醒野鸥飞去，点点缀苍穹。雾气单衣湿，鼓枻花丛。

遥想弱冠时候，趁午阳熏发，嬉戏流淙。且轻遮圆叶，莲剥味香浓。况而今、平添暮雪，向晴波、西子屦敷红。更幽径、高悬罗伞，低绕凉风。

己亥仲夏洋河镇采风诗词 九首

泉泰酒坊

汲取灵泉酿酒香，驰名华夏客争尝。

漫巡清帝留佳誉，遥接宫廷品醴觞。

太白遗风今古在，罗家有训北南彰。

善根立业怡情志，慕得贤人作领航。

【注】"漫巡"句，乾隆南巡曾夸洋河酒"酒味香醇，真佳酒也"，并作为贡酒。太白遗风：罗宅有"太白遗风"匾 。罗家有训：罗家九训。北南，淮安、宿迁旧河道即为南北分界线，这里指罗家九训知道的人很多。善根立业：罗家有立本堂，对联有"固善根方能立业"句。慕得贤人，罗宅内有"慕追贤祀"匾。

浣溪沙·品泉轩

翠竹竿竿织幕帏，灵泉滴滴入瑶池。流霞几朵不相离。

玉液清香须漫品，茅庐幽静复徘徊。美人壶里出神奇。

浣溪沙·洋河镇美人泉

溪榭流云天地青，小桥倒影柳桃轻。轻登兰棹傍风行。

莲步凌波仙子出，梅香环径酒坛盈。直言入梦莫中醒。

【注】中醒：宋 刘克庄《念奴娇·丙寅生日》词："恶客相寻，道先生清晓，中醒慵起。"指醉酒。

南歌子·参观洋河酒生产基地偶得

漫汲羊禾水，重滋古邑人。驰名千载玉浆醇。品味几盅便觉、倍精神。

始识浓香久，还知梦酒熏。绵柔初出又新春。玉壁金牌亮眼、誉乾坤。

南歌子·万口窖池

止足洋河悦，青眸一地奇，谁携薄膜作罗衣？遮盖窖藏十万、且当时。

避暑精神爽，熏香蛱蝶怡。酒醅发酵亦相知。待到休眠期过、彩云飞。

踏莎行·闲步洋河镇

　　初出曦阳，漫熏宿露。凉风绿叶清香吐。流莺几度过琼楼，尚闻余韵飞来处。

　　老巷炊烟，新摊留步。轻尝酥饼堪生妒。高悬一匾仰头看，刘公翰墨谁凝伫？

　　【注】刘公翰墨：指刘海粟题字"洋河酒厂"匾。

临江仙·洋河酒庄

　　晓日芙蕖万朵，清波兰棹千重。遥看楼阁接苍穹，淡云飞孔燕，香气绕金蜂。

　　轻踏层阶寻觅，凝观仪狄朦胧。金坛琼液此相逢，飘然瑶阕梦，倏忽酒旗风。

唐多令·谷雨封坛酒

谷雨伴薰风，清流浸绿丛。看舞台、韵绕虚空。醴酒万坛谁可动，金杠起、百年功。

黄发住青瞳，霓灯照地宫。纵横排、发髻披红。漫品几杯浑若梦，香留齿、味无穷。

水龙吟·洋河古镇行有得

维扬泗水须臾至，一路女贞重叠。羊禾澄澈，莲英点缀，莺声未歇。韵润长廊，锦铺泥窖，墨熏玉阙。看瓦缶披红，彩灯射色，尘埃去、馨缘结。

始信千年明月，漫幽芳、轻滋万物。醴泉溢出，梅香顿悟，酿醪心悦。骚客相逢，旧痕犹在，尽留书页。更追思太白，新尝梦酒，望凌波袜。

己亥初夏淮安采风行诗词 十首

沈括雕像

伫立琼园沐晓阳，薰风漫染复流香。
住眸万物寻精要，留得清溪一梦长。

周恩来童年读书处

清江塾馆得长春，品学兼修史料珍。
哲理童年勤探觅，启蒙便觉挚情真。

南北分界

融汇黄淮柳色新，风吹云落碎金鳞。
圆球越过心愉悦，只为须臾两地人。

踏莎行·初至淮安

金辇乘风，虬枝霜结，漫天初夏重飞雪。远途疾速逐青屏，晴云缓慢移庄蝶。

古邑轻登，新颜难歇，流光月季同相摄。更闻绿绮出溪东，翠鬟起舞黄衣悦。

踏莎行·看总督河道部院公署偶得

几帝南巡，几人总督，黄淮依旧难修复。煦风伞盖画舟行，黎民竹杖凭谁哭。

玉匾高悬，凤翎锦簇，留痕蜡像容颜俗。而今始得艳阳天，频闻笑语皆知足。

南歌子·苏皖边区政府旧址

朱匾高檐下，宏文旧迹中。晴光漫浸一旗红。
几行誓词犹在、铸神功。

幽径丛花放，凉亭翠竹逢。更听溪水韵千重。
似说当年民意、得东风。

南歌子·文楼

老巷添新趣，高墙立半联。砖雕结个古情缘。
朱印流光相射、若花妍。

圆案山珍叠，金盅绿蚁牵。清吟千句悦心田。
犹闻厅前雏燕、几声喧。

南歌子·周恩来总理塑像

雕像形云绕，鲜花玉砌长。俯观五岳与三江。
经历几多风雨、傲寒霜。

犹记长征远，还思九域强。鞠躬尽瘁向曦阳。
赢得人民爱戴、永芬芳。

南歌子·河下古镇

湖嘴楼头老，干鱼巷口高，古街麻石说歌谣。
几串红笼悬挂、乐垂髫。

道字门前嵌，炊烟屋下消。楹联千副胜春醪。
惹得一翁住目、捋衰毛。

高阳台·游淮安青晏园

圆绿浮波，流光射石，湛亭碎影薰风。桥曲连阶，俯观即入虚空。紫藤花馆遥相望，捋胡须、若个坡公。况朱楼，霖雨思贤，栖凤青铜。

移眸廊下貂蝉立，捧离骚吟诵，韵叠千重。瀑布遗珠，驮碑赑屃偏逢。争知古邑舒心志，洗嚣尘、顿觉轻松。且垂髫，摇动芭蕉，笑指耆翁。

【注】湛亭、紫藤花馆、霖雨思贤、赑屃驮碑、皆为淮安青晏园景点。

己亥中秋泸州行诗词 十一首

泸州行

直上青天一雁飞，倚窗俯看白纱帏。
沱江水畔迎来客，醴酒流香浸我衣。

沱江夜色

碧水低流接海波，琼楼高叠入星河。
霓灯直泻熏人面，更听耆翁击缶歌。

月下散步

流波月影碎银鳞，红烛高山衬古津。
江北江南倏忽过，木樨香浸夜行人。

乾坤酒堡学调酒

百年基酒一壶中，几滴添加味异同。
更学青娥摇玉盏，琼浆勾兑见神功。

应邀参加第三届泸州老窖艺术周有得

金秋瑞气逢，古邑绕香风。

江水连天碧，旌旗立地红。

骚人诗万首，仪狄酒千盅。

更听焦琴韵，仙音悦一翁。

山花子·参观 1573 国宝酒窖群

一眼龙泉接玉宫，几回古地觅承宗。始识窖池年五百、铸奇功。

琼阁住眸看酒料，浓香浸客醉耆翁。陈壁墨痕依旧在、沐新风。

【注】承宗：舒承宗，浓香型白酒始祖。

忆秦娥·别绪

秋风拂，木樨香处人离别。人离别，千盅泥酒，几回言切。

相逢时日诗心结，阳关直去凭谁说。凭谁说，指头重按，短笛吹裂。

山花子·报恩塔

七级浮屠入九霄，百年风雨作春醪。只为报恩凡间住、暮和朝。

直引旅人舒善意，长留翰墨说清高。远道焉忘须拜塔、桂香飘。

山花子·单碗广场

凝看泸城挟两江，清波东去未彷徨。潜泳逆流呈英勇，且疏狂。

老叟悠然棋对弈，新人羞涩面舒香。更听伯牙天籁韵，似瑶乡。

八声甘州·看舞剧《李白》

对舞台墨迹作高帘，霓灯泻无休。看登场太白，捋须朝野，挥笔楼头。赢得玉环一笑，赏识住清眸。争奈仕途险，浑若浮鸥。

犹记挂冠远去，酌杜康千盏，啸傲神州。叹诗词圣手，捉月溯江流。渐剧终、群英谢幕，引多思、空惹几回愁。凉风起、又黄叶坠，促织声幽。

八声甘州·游泸州张坝桂圆林公园

踏千层玉砌下琼林，绿色接瑶天。看望台高耸，鹊云缠绕，藤柱勾连。俯瞰清河如镜，楼阁水中迁。倏忽潜鱼过，些许波澜。

始识赋言此境，乃长江龙眼，生态嘉园。故金秋寻趣，拟作地行仙。倚曲栏、静听鸟唱，醉青堤、忘却俗尘喧。红蕉曳、何来飞蝶，欲结心缘。

【注】"长江龙眼，生态嘉园"：何开四撰写的《张坝桂圆林赋》赞此园为"长江龙之眼""挺秀生态美景"，化用之。

己亥初冬南岳行诗词 二十五首

南岳行

俯瞰湘江碧，遥望寿岳高。

禅香驱雾气，罗袖带青涛。

银杏穿金甲，山陂着紫袍。

小春知客意，鸿雁说风骚。

南岳三星茶楼诗友相聚

韶华虽过梦犹存，阳霁山中露几痕。

醇酒千盅拼一醉，美哉国粹化诗言。

观南岳白龙潭

欲捆衡山入碧潭，频敲灵石韵犹酣。

秋光不觉须臾过，时把飘黄作紫昙。

篝火晚会

篝火流光不夜天，焦琴弹罢赋诗连。
须知衡岳得神韵，墨客相逢总是缘。

荷花公社

横斜枯叶晚来风，丛草无青对碧空。
更有溪亭甘寂寞，似知经岁藕花红。

看十里茶乡

山峦清气接凌霄，茶树成龙起碧潮。
几叶采来和月煮，流香十里味难消。

访方广寺

古刹禅光度众生，法轮长转地天明。
二贤和唱山门外，儒释相融自此名。

【注】二贤：指朱熹、张栻曾在寺庙旁结舍交流理学，唱和。

磨镜台

山石长磨化镜空，只缘佛意隐其中。
马君一悟除尘俗，不负禅师普度功。

【注】磨镜台，指七祖怀让度马道一事。

祭忠烈祠

青松凝翠绕祠堂，金字高悬映夕阳。
忠烈留名英气著，催开千朵菊花黄。

又

须记东瀛曾作寇，硝烟弥漫炮声飞。
官兵数万沙场去，赢得神州晓日晖。

又

祭祀英魂几鞠躬，衡山肃穆悟由衷。
祭文读罢香风起，暮色灵碑尽染红。

磨镜台·何氏别墅

（抗战四次军事会在此召开）

万里筹谋百世功，将军决策亦英雄。
藏奸只是浑难觉，卅载方知暮雪翁。

【注】抗战时期，四次高级军事会议在何氏别墅召
开，却遭日军轰炸，但查不出间谍是谁，直至几十年后
才知道是做生意的日本人。

衡一客栈

竹篱雏菊若农家，倚案轻尝一盏茶。
明月高悬尘俗去，香风几缕莫言赊。

南岳图书馆

充栋图书累汗牛，南山造福著春秋。
文昌下界珠玑吐，从此华章数一流。

南乡子·衡山南天门

瑞气笼天门，施雨行云寿岳分。灵石作船犹破
浪，除尘，心境清幽帝语闻。
仙界度凡人，一霎流霞染我身。远望紫峰生雾
霭，晖熏，伞盖飞来悟道真。

【注】化石作船：指有船状的卧龙石，名飞来船。
紫峰、伞盖，指南天门东的紫盖峰。

南乡子·南岳贵妃凤菊

满目菊花黄，浑若皇妃住帝乡。云翳漫滋分外嫩，凝望，村女东篱采摘忙。

茅屋品瑶觞，入口方知绕齿香。更看倩姿壶里舞，流光，有凤来兮意未央。

南乡子·访黄庭观

晓日照黄庭，楼阁涂金瑞气盈。云袅集贤仙境隐，鸠鸣，犹说华存羽化升。

来访故人迎，廿载陈茶助我醒。细品一瓯香绕客，身轻，结个方家不了情。

【注】华存：道教上清派第一代宗师魏华存。故人：诗友阳坚故交王道长。

南乡子·过荣美庐偶得

揽却绿山云，千缕流香入宅门。凝看菊衣频点缀，黄昏，犹见溪波润几痕。

吟草铸诗魂，倚案重翻得味真。更煮野茶须漫品，清纯，若个陶公作近邻。

【注】荣美庐：诗友阳坚衡山脚下别墅。

南乡子·荣美庐烛光晚餐

暝色过丛林，楼阁黄昏渐夜沉。燃起烛光朱案泻，流金，轻染佳肴味复寻。

千里遇知音，漫酌琼浆醉不禁。竹箸缶敲歌几度，无琴，料得阳君识我心。

【注】阳君：阳坚。

南乡子·祭祀二贤

缓步二贤祠，金果携来供奉时。恭读祭文言大德，凝思，环绕香烟亦忘机。

追忆唱和诗，寿岳莲花始作奇。更得旷君勤解惑，相随，几缕流霞织羽衣。

【注】旷君：衡阳南岳区旷顺年先生。

南乡子·南岳大庙

佛道两相宜，惟看宫名便得知。东首玉虚元始座，眸移，西首如来七宝衣。

香裛客心期，九叩无言恨拜迟。更有竹签轻跳出，神奇，八卦留痕著一诗。

南乡子·南岳诗歌茶会

倚案沐霓光，些许青茶扑鼻香。凝听肖君诗一课，难忘，新说如今不见双。

争奈月西窗，未得延时解惑长。复念此行多受益，回扬，尚记南山若梦乡。

【注】肖君：南岳肖红辉老师。新说，指将王船山、鲁迅文章风格作对比。

南乡子·南岳黄庭观飞仙石

一石立山巅，斯处夫人得道仙。香气浸衣犹驻足，蹊边，寻觅苔藏翰墨缘。

攀上意堪怜，不见当年羽化坛。几缕水声频入耳，遥看，缓下幽泉起白莲。

南乡子·登南岳看"寿比南山"景点

缓步足留云，凝目碑痕得味真。驮个寿星牛亦善，驱尘，童子清纯夕日熏。

诗赋德行人，细品三回未入门。始悟鬓霜非识广，曾闻，学海无涯莫智昏。

高阳台·登南岳祝融峰有记

千米高台，一条隘道，驱车直上巅峰。驻足层阶，云纱拟揽无踪。倚石俯瞰群山矮，若潜龙、欲起青空。又欢颜，清影频留，凝目神宫。

何来诵读诗笺展，说此时况味，怀古苍穹？几地骚人，衡岳邀聚情浓。小春趁得开香菊，谒祝融、相伴和风。更心诚，追忆先贤，复看归鸿。

己亥初冬过衡阳组词 六首

南乡子·访衡阳石鼓书院

拾级入瑶庭，凝看蝌文衍禹铭。夫子像前香袅绕，晴明，儒学相传至圣荣。

闲步合江亭，净绿流光刺史情。石鼓扣音犹悦耳，神清，伴我寻真逐雁行。

【注】蝌文衍禹铭：禹碑文形似蝌蚪文，对联云：蝌蚪成点画，天地衍大文，化用之。净绿流光刺史情，合江亭有"此真净绿唾不可，我实薄才歌奈何"对联，且有唐韩愈《题合江亭寄刺史邹君》文。"石鼓"句：石鼓山旧有石鼓，东晋罗含《湘中记》云："扣之声闻数十里"。

南乡子·雨母山帝喾祠

夕日照红墙，倏忽飞龙翰墨香。金色盛装思帝喾，焉忘，华夏人文始祖彰。

追记拓八荒，五岳巡游乐曲长。远听鼓声惊雨母，斜阳，几缕云霞浸客裳。

南乡子·雨母山赤松观

圣境太虚中，琼阁飘然隐竹风。青眼石间寻胜迹，匆匆，穿越浮云见碧空。

尊号古今同，欲谒仙家未得逢。法水复浇甜菜绿，如农，福地炊烟袅几重。

南乡子·雨母山飞来石

一叟立山巅，藤蔓盈眸住翠颜。犹听两精相斗法，真言，南岳移来五石缘。

追忆炼钢难，凿碎传奇梦不圆。解道古今多趣事，长天，雨洗风吹莫问钱。

【注】传说雨母山的麻蝈精和南岳山的乌龟精斗法，乌龟精不敌，便从南岳移石到云母山压住麻蝈精，石落此地名曰"飞来石"。

南乡子·衡阳陆家新屋

旧屋出新颜，提督须知振武先。回首抗倭多卫士，硝烟，难破长衡意志坚。

凝目弹痕千，应惜当今锦绣天。雨湿鬓丝皆忘却，流连，且把零星辑一刊。

【注】陆家新屋为清代记名提督、振武将军陆成祖于光绪七年（1881年）建造。1944年抗日战争衡阳保卫战，陆家新屋成为中国解围援军与阻援日军外围争夺焦点之一，双方发生过激战，至今砖墙上仍留下许多枪炮弹痕。

高阳台·戊戌中秋至沪上瀚锦苑

印迹幽蹊，遗声阆苑，风摇木槿迎秋。促织长闻，青圊坠柚无由。藤萝衰绿羞花隐，欲寻香、空惹青眸。惜红蕉，略惧清商，嫣色焉稠？

篱边远望高桥立，况东西穿越，车过难休。归雁南飞，浮云镇日悠悠。飘来黄叶勤敷面，把时光、尽付溪流。莫唏嘘，须信经年，芳浸楼头。

水龙吟·戊戌冬看上海外滩偶得

霓灯夜色浑如昼，天幕虚张熏透。耸然一塔，纷呈多彩，凌霄长叩。倒映江波，金鳞闪烁，胭脂轻皱。又画舸急行，巨龙顿起，直奔向、吴淞口。

焉忘黄昏时候，薄烟生、频遮津埭。孤鸥掠过，须臾无影，水腥复嗅。倏忽雾开，流光相射，两重消受。更凝观变幻，聆听笑语，任风骚首。

水龙吟·四十年后重访北固山偶感

东风漫浸南徐暖，缓踏层阶寻觅。蹊边塑像，亭前残墨，如开古籍。招婿无痕，江楼新筑，禅音遗迹。更登高远望，金焦两点，野鸥去、云升息。

直念卅年未及，蝶翻飞、依然旧壁。山形不改，青颜犹在，辛夷堪摘。甘露流芳，斜松凝翠，笑言朝夕。觉初心乍见，春光敷面，乐逍遥客。

【注】南徐：镇江别称。

水龙吟·己亥春再游溱湖湿地公园

　　残寒乍暖春风度，乘画舸、清波去。潜龙迭起，莲花雕镂，流光一路。丛草熏青，紫荆涂色，飞凫闲数。况轻登水岸，频逢蛱蝶，驻眸处、桃园雨。

　　又见滩头鹿住，正游离、若寻旧主。依栏久看，终难知我，焉能为侣。休叹它痴，故交忘记，老吾时序。更平增鬓白，浑如直向张公雾。

　　【注】焉能为侣：东坡《前赤壁赋》有"况吾与子渔樵于江渚之上，侣鱼虾而友麋鹿"句。

后记

　　《沐燚轩诗词集》经过整理、删减终于编选完成，即将付梓，甚感欣慰。此集按内容分为"时序留痕""绿杨揽胜""感事寄情""花草余香""旅途记忆"五辑，共一千一百余首诗词，从多个方面表达了我对自然、对生活、对时代变化的点滴感悟。这也是对我个人三十多年来学诗经历、人生轨迹的一次回眸。

　　我从年轻时起就爱好古典诗词，闲暇之余总喜欢欣赏唐诗宋词和一些当代名家的作品。在上世纪八十年代，曾将《千家诗》《稼轩词编年笺注》《古诗源》等从头到尾看过几遍，对旧体诗词展现的韵律之美、意境之美尤为感叹。同时也学习了王力的《诗词格律》和陈锋的《诗词曲格律》并时有创作。二零一零年前后，随着网络时代的到来，便经常活跃于QQ群、微信群和相关论坛，聆听过诗词课件，和诗词同好开展交流，学诗、写诗的劲头越发高涨。此间，先后担任过中华诗词网校、平山清韵、白云城、忘忧草、华夏诗词论坛楹联版或词曲版版主、常务版主、首席版主，分别用过沐燚轩主、淡墨书心、南极仙翁、虹桥过客、墨海听风等网名。沐燚轩主是一直使用至今的网名和笔名。

　　这次诗词稿件的整理，早期只有几首，是从过去的笔记中挑选出来的，如《自题小像》(1983年)《晚秋》(1984年)，而大多数作品则是二零一零年以后在网络中发表过的。在审核、过目每一首诗词时，当时创作的情景亦不断地浮现在眼前，就像昨天发生的一样清晰，让我又回到从前那个年代。或许，回忆也是享受，也是某种思想情绪的回归。

我诗写我心。创作一首诗词，都是自己情感的自然流露。或景，或事，或人，皆有可能引起联想，产生某种感慨，行于笔端，便成为诗或词。从某种意义上说，诗词也是人生的真实写照。

我知道作品中有很多不足，在一些字、词斟酌不够，有时诗词的表现手法还比较直白等等，我想今后肯定会进一步提高。

此集在编辑出版过程中，得到了许多诗友的帮助和支持，尤其是得到了平山诗社社长、绿杨诗社副社长周冠钧先生的指导并作序，得到了扬州青风书画院院长庞现青先生素描插图的支持，在此一并表示感谢。

吴进荣于沐燚轩

二零二零年五月二十六日